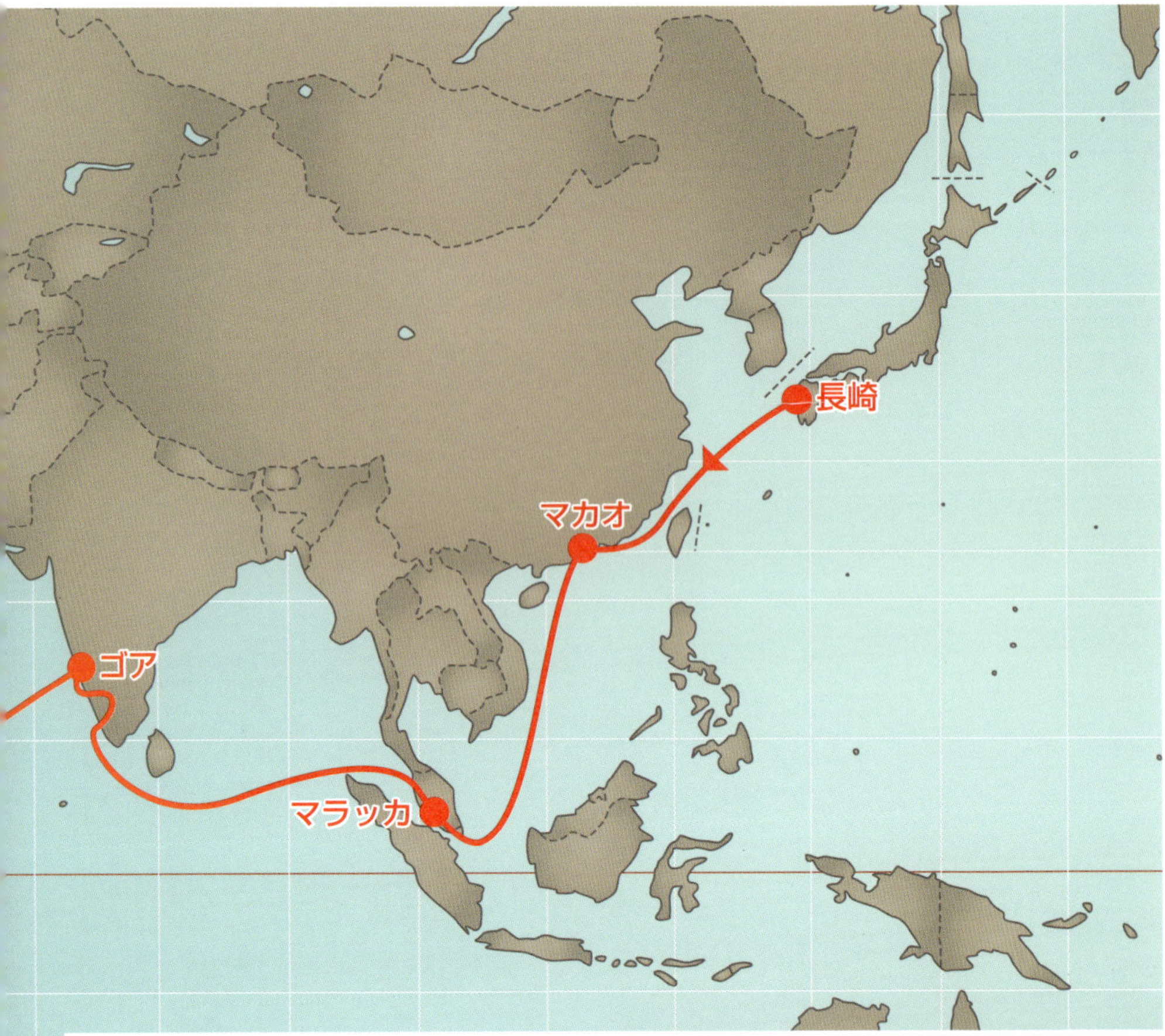
長崎
マカオ
ゴア
マラッカ

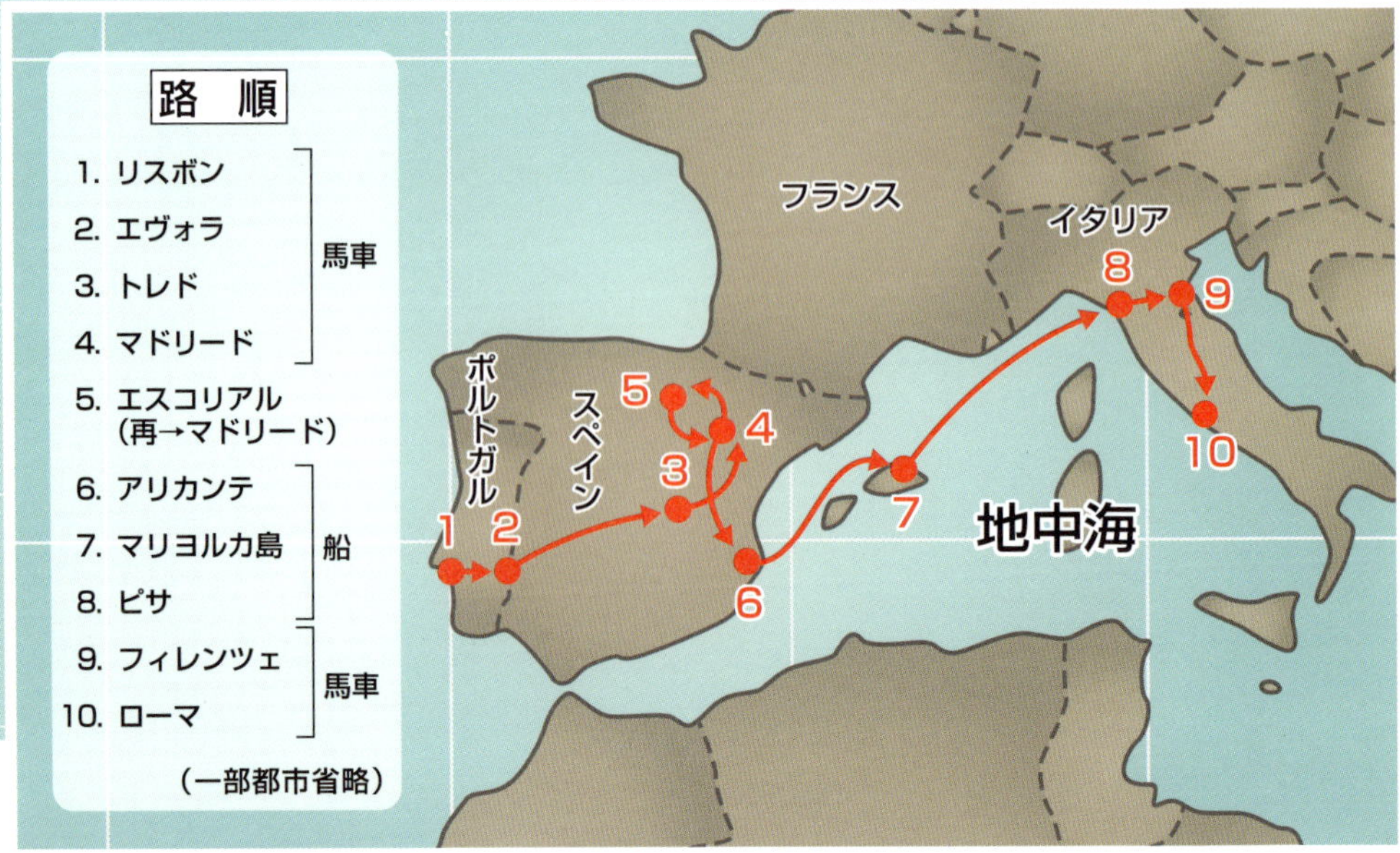
路　順
1. リスボン
2. エヴォラ
3. トレド
4. マドリード
馬車
5. エスコリアル
(再→マドリード)
6. アリカンテ
7. マリヨルカ島
8. ピサ
船
9. フィレンツェ
10. ローマ
馬車
(一部都市省略)
フランス
イタリア
ポルトガル
スペイン
地中海
1
2
3
4
5
6
7
8
9
10

往　路
リスボン
セントヘレナ

嵐に弄《もてあそ》ばれた少年たち

「天正遣欧使節」の実像

伊東祐朔

伊東マンショ銅像

都於郡城址

JR 日南駅前

序文

岐阜大学名誉教授
松田之利

本書は、日本がはじめてヨーロッパとの接触がはじまった一六世紀後半の一五八二（天正一〇）年に、大友宗麟・大村純忠・有馬晴信（いずれもキリシタン大名）が宣教師ヴァリニャーノの勧めでローマ教皇のもとに派遣した少年使節、「天正遣欧使節」の物語である。

ヨーロッパからもたらされた鉄砲と弾薬がそれまでの戦いを大きく変え、遣欧使節出発の年に本能寺の変で倒れた信長が七年前の長篠の戦いでその威力を発揮したことはよく知られている。しかしこうした西欧との交流がキリスト教布教と不可分に行われたことからキリスト教が広まったが、純粋に信仰心によるものから貿易の利を目的としたものなど入信者の動機も、また階層も庶民から大名に至るまでとさまざまであった。他方で、来日した宣教師たちの目的も、純粋な布教目的から宣教師同士の功名心、領土的野心などさまざまであった。

そうしたキリシタン大名たちと来日した宣教師たちのさまざまな思惑のなかで実施されたのが伊東マンショ・千々岩ミゲル・原マルチノ・中浦ジュリアンという一三〜一五歳の少年のローマ教皇への派遣であった。

著者の伊東祐朔氏は先祖の掘り起こしを精力的に進められ、氏の先祖の出発点となる飫肥の領主伊東氏に関する研究を行ってこられたが、その過程で天正遣欧使節の正使の一人である伊東マンショに深い関心を寄せられたのである。しかし、本書は伊東氏のルーツ探索ではなく、周囲の状況などほとんど知らない純粋な少年使節が、宣教師などの思惑に翻弄されながら使節としての役目を果たした軌跡、また禁教令が発せられるなかで帰国した彼らの歩んだ道を描こうとしたものである。

著者は可能な限り資料調査した上で少年使節の足取りを描いており、歴史小説ではあるがドキュメンタリーとしての要素も持ち合わせている。日本をキリスト教国にしようとする、その意味で領土的野心に満ちた宣教師の思惑や、少年たちを上から目線で歓迎したヨーロッパ人、異文化との接触に戸惑いながらも対応し得た柔軟性のある少年使節たち、帰国後に新しい文物・技術をもたらして後世に伝える役割を果たしたことなどがとくに印象深く読みとれる好著だと思われる。

目次

お断り
本書の年月日は西暦と和暦が混在しているものと思います。参考資料の西暦が、和暦に直されているのか、その逆があるのか等、不明な点があったため、あえて資料そのままの日付にしました。一か月内外のずれがあるかも知れないことをお断りしておきます。

行きは「遣欧使節」

嵐に弄《もてあそ》ばれた少年たち

帰りは「訪日使節」

「天正遣欧使節」の実像

インド洋で死線をさまようマンショ

「トラッ！」うわ言なのか、熱病に侵され意識も絶え絶えの祐益《スケマス》の口から洩れた言葉が、ヴァリニャーノ（イタリア人・宣教師）の耳に、はっきりと聞こえました。

ここはインド洋の真っただ中、さざ波さえありません。全くの凪《ナギ》が続いていました。

一五八三（天正十一）年二月下旬のことでした。果てしない巨大な鏡のような大海原の上空に、赤道の太陽が輝き、巨大鏡に反射した強烈な光が、微動だにしない帆船を包み続けています。

雲一つなく青空が広がり、海鳥も姿を見せません。

マラッカの港を出港し、マラッカ海峡を通り、インド洋に出たとたん風がやみ、凪に見舞われた帆船は、大海原の真っただ中で動きを止め、揺れ

動くこともありません。

朝から晩まで、晩から朝まで。そんな日々が続く中、何人かの乗客（商人）や乗組員たちが熱病に侵されてしまったのでした。

寄港したマラッカで蚊に刺されたのが原因でした。

そんな中の一人が伊東祐益だったのです。

彼は、伊東一族豊後落ちの後、キリスト教の洗礼を受け、マンショを名乗り、「天正少年遣欧使節」の首席としてヴァリニャーノに伴われ、ヴァチカンを目指していました。


日向一帯を支配していた伊東一族が、薩摩の島津軍に追われ、豊後の大友宗麟を頼った逃走劇を「豊後落ち」と称しています。


マンショは複数の病人の中、唯一人遣欧使節「首席」として特別扱いされ、船長室に寝かされ、引率するヴァリニャーノによる手厚い看護を受けていたのでした。

看護と言っても、熱病（マラリア）に効く薬剤（キニーネ）も存在しない時代です。灼熱の太陽に晒され、積み込まれた飲み水も体温以上の高温です。熱を冷やす術はありません。その水さえほとんど底をついていました。

渇きに耐えられず、海水を飲んだ船員が悶え死ぬ事故もありました。

熱病患者の何人もが苦しみながら息絶えました。

そのような死者たちは「アーメン」に送られ海の藻屑として消え去ったのでした。

ヴァリニャーノも祐益の脂汗を拭い、祈る以外、手の施しようもありませんでした。


マンショと共に「少年遣欧使節」としてこの船に乗り込んでいた三少年・千々岩《チジワ》ミゲル（日本名・紀員《ノリカズ》）、中浦ジュリアン（日本名・甚吾）そして原マルチノ（出生時に洗礼を受けた模様で日本名は不祥）も友の重篤を心配しながら手の施しようもありません。

それどころか飢えと渇きに苦しみながら、船から大海へ、捨てるように投げ込まれる遺体の数々を目に、「明日は我が身」と恐怖にさいなまれ、随行する三人の日本人修道士・ロヨラとドラードそしてアウグスチーノ（三人とも諫早出身、日本名は不祥）と共に、日蔭に肩を寄せ合い神に祈る以外、術はありませんでした。言葉を交わす元気もありません。

「アーメン」の他に「南無阿弥陀仏」「南無妙法蓮華経」の言葉を呟く者もいました。

マルチノを除き、キリスト教の洗礼を受けてから日の浅い少年達です。心の奥底から頼る神仏に戸惑いも仕方のないことでした。


マンショ達、四人の使節が歴史を飾っていますが、ロヨラ、ドラード、アウグスチーノの随員三人こそが、進んだ西洋の科学技術を習得し、日本へ持ち込んだ先駆者だったのです。

ともかく暑いのです。汗は干上がり、乾いた皮膚には塩がこびりついています。

高熱に侵されたマンショの脳は、体温とは逆に寒さに震え、かつての寒くおぞましい経験が浮かんでは消えるのでした。

高熱に侵された脳に浮かぶ幼少期の悪夢　末の弟・トラの最期

雪深い山の尾根道で、泣き叫ぶ幼い弟が、こともあろうに、父親に口をふさがれ首を絞められ、息絶えると雪の斜面を谷底へ投げ捨てられたのでした。身の毛もよだつ恐怖を感じたものでした。

その時、まだほとんど歩くことのできない「トラ」はお守役の腰元に背負われて、豊後を目指し雪の尾根道を、一族とともに逃亡中だったのでしたが、背中で急にグズリ始めました。

一行の首領・三位入道から（敵に気付かれぬよう）「声を立ててはならぬ」と厳命されていたのでした。

困り果てた腰元は背負った赤子を胸に抱き直し、「若様お静かにお願いします」と必死にあやしましたが、「トラ」はますます大声で泣き喚きます。

三位入道は「ジロリ」とそんな二人を睨みつけました。

その時、一行の後方にいた父親・祐青《スケハル》が走り寄り、わが子をひったくると泣き叫ぶ赤子の口を大きな手で塞いだのでした。それでも乳児の必死に泣き叫ぶ声が響き渡りました。

とっさに父親はわが子の首を絞め、谷底へほうり投げたのでした。

その光景を呆然と見ていた若い腰元は「若様、お供します」と懐剣を胸につきたて、若君の後を追ってわが身を投じたのでした。

日本に残る唯一の資料

この弟を虎千代磨（マンショの幼名）は「トラ、トラ」と呼び、可愛がっていました。（と書きましたが、この子の名前を知ることはできません。その理由は、祐益（洗礼名・マンショ）も幼名は虎千代磨、姉が虎松、弟に虎次郎、妹に虎亀の四人の名前が法華岳・薬師寺（現・宮崎県東諸県郡国富町）の天井絵の裏側に、父・祐青自筆の墨書文が残されていますが、末弟の名前はありません。この一家安泰を願う願文以外の資料はすべて抹殺され存在していません。

徳川の時代、キリスト教の禁止令で、マンショ関係の資料がすべて焼却され、日本で発見されているのは、祐青によるこの願文のみです。

おそらく、この願文が奉納されたとき、末の弟はまだ生まれていなかったものと推察されます。末弟の名前は不明ですが、兄弟姉妹の幼名から、筆者が「虎×」であっただろうと勝手に「トラ」と名づけました）

父・祐青の戦死

「トラ」の泣き叫ぶ声に気付いた島津軍の兵士が一行の後に迫ってきました。

我が子を手にかけた父親・祐青も狭い尾根道で後ろから追いかけてくる島津軍の兵士を防ごうと、一族の防波堤になり、祐青の従臣数名と共に戦い、最後には、血煙をあげて谷底へ姿を消し去りました。

祐青主従の犠牲により、後ろに迫っていた島津軍の兵士も命を落とし、一族は前へ進むことができたのでした。

自分の愛児を殺害し、その直後薩摩軍からの盾になり、血煙をあげ雪深い谷底へ消えた祐青は、この時を待っていたのでした。

この「豊後落ち」の原因であった「木崎原」の戦いで、島津軍に完敗した時、生き残った伊東軍の大将は唯一人祐青だけだったのです。

彼は生き残った兵士を集め、傷ついた多くの兵士とともに帰城し、三位入道から激しく叱責され、「死に場所」を探していたのでした。彼にとっては恰好の死に場所であり、彼の求めていた悲劇の舞台だったのでした。

白い新雪の上に、飛び散る鮮血が祐益の脳裏から消えることはありません。

悲劇はさらに続きました。

「若様しっかり」と励まし、喘ぎながら、幼い祐益（この時は虎千代麿）の手を引き、逃亡を助けてくれていた腰元が、尾根道が厳しい登り坂にさしかかった際「若様もう歩けません。お許しください」と懐剣を自らの喉につきたて、父親同様鮮血を振り撒き谷底へと姿を消し去ったのでした。

城勤めの若い女性です。城の外を遠くまで歩いたことはありません。長く厳しい山歩きは、限界に達していました。

これらの悲劇をなす術もなく、虎千代麿は震えながら見つめていました。声をたてる者は誰もいませんでした。

この直後、虎千代麿は、彼の守役であり従臣であった田中國廣に、無言で彼の背負う荷の上に担ぎあげられ、まるで首馬のような格好で運ばれ、豊後へと落ちのびたのでした。

豊後へ落ちのびてから、虎千代麿は祐益と改名したのでした。

ほとんど意識の無い脳裏に、これらの悲劇がよみがえったとき、彼は「ワーッ」と大声で泣き叫びヴァリニャーノをあわてさせました。

強烈な悪夢が、よみがえっては消え、よみがえっては消えることが、繰り返されるのでした。

祖父三位入道・義祐が熱狂的な仏教徒であったにもかかわらず、戦《イクサ》に敗れ城を追われ豊後へ落ちのびる途中での父と弟の悲惨な最期。多くの家臣が命を投げ出した犠牲。これら悲劇を目にした祐益・・・。

狭い尾根道を通っての逃避行では、伊東一族の中でも身分の高い者は、家臣たちに厳重に守られていたので、幼い虎千代麿の気付かない悲劇も、連日のように繰り返されていたのでした。

そんなマンショの記憶に無い、豊後落ちの悲劇の一部を振り返っておきます。

深紅に染まる新雪

朝から降り続いていた雪も日暮れとともに勢力を弱め、今は、冷たいものが頬を撫でることもなく、降り止んでいる様子です。それとも小雪が舞っているのでしょうか。

空全体を雲が覆い月や星を隠し、山影をぼんやりと認めることはできるものの、まだ雪が舞っているのかいないのか知ることはできません。疲れ果てた二人には興味もなく知ろうとも思いませんでした。

ここは奥日向、百姓家の軒先です。急峻な尾根近くに建てられた粗末な一軒家です。

家の周りの樹木を切り開き、サツマイモやソバ等を栽培しているのでしょうか。

ここまでの道すがら、このような百姓家を数軒目にしましたが、人影もなく、一面雪に覆われどのように暮らしを立てているのか知る由もありませんでした。

落ち武者の通過を知った村人たちは危難を恐れ、姿を隠してしまったのでした。

家の中から、押し殺した声が聞こえてきましたが、二人の耳にはまったく入りませんでした。

家の中には、殿様や奥方様など身分の高い人が入り、下士たちは屋外で夜を過ごさねばなりません。

既に数名が、追手の刃に倒れました。食料もなく、厳しい逃避行で疲労困ぱい、足手まといになることを恐れ、自らの命を絶った下士や従卒も少なくありません。

風当たりの少ない家裏に積み上げられた薪をどけ、板壁に寄りかかり身体を休めました。

近くにもお互いに身体を寄せ合い、寒さを凌ぐ数人の人影はありました。

敵に居場所を知られるからと、火を焚くことは許されません。

隣同士小声で短い会話を交わす者も居ましたが、ほとんど押し黙っていました。

疲れ、空腹、これまでに経験のない、極寒、命の保証もありません。生き地獄です。いや地獄そのものです。

佐土原の城下町に住むマツにとって、薄く積もる雪には経験があるものの、膝を隠すまでの積雪は初めての経験でした。

着物は濡れ凍り、草鞋はすり切れ、足袋も破れ足は血がにじみ、見るも無残に腫れあがっていますが、惨状を見る明かりもありません。もはや痛みも寒さも感じません。


寒さで感覚は麻痺しているものの、マツの脳裏を楽しく幸せだった日々がよぎります。

夫が下級武士とは云え、長屋を与えられ、一人息子にも恵まれ、夫婦三人そして年老いた母親も夫が長屋へ引き取り、明るく楽しい四人の毎日でした。

城下町は都を模し、道路や建物が並び、大仏殿や、京の金閣寺を模し金箔寺まで建てられ、お殿（三位）様は「ゆくゆくは天子様をお迎えし、ここが都になる」とおっしゃり、町人たちは商いに励み活気に満ちていました。

幼い吉松の手を引いて、露店でヒョットコのお面を買った時の息子の笑顔が忘れられません。

マツにとってそれは突然の出来事でした。まさに天と地がひっくり返ったのでした。極楽から地獄へ逆落としにあったのでした。

殿様は薩摩の島津を打ち負かし、飫肥城を日向の領土に組み入れ、日向の国に四十八の城を持つ大大名であり、とても信仰深い優しいお方です。

天子様から「従三位」の位をいただき、将軍・義晴様から「義」の一字をいただき、義祐を名乗っておられます。

マツはそんな領主を疑うことなく、毎日の幸せを「三位様のお陰」と手を合わせていました。

しかし、ことはマツ等一部住民の知らないところで、真逆の方向へ進んでいるのでした。

日向四十八城の城主に君臨し、貢物で従三位の称号まで手にいれ、向かうところに敵なしとの思いあがりから、家臣の忠告にも耳を傾けることなく。家臣の心配や、宿敵・島津の動向さえ気にすることなく、頭を丸め仏門に入り、自ら「三位入道」を名乗り、都から高僧を招き家臣たちに仏法を聞かせました。さらに、修験者「山峰」を召し抱え、神仏を崇める行事を日常的に行いました。

さらに、詩歌にも熱心で、書、和歌、俳諧にも励みました。

島津による反撃の危機が迫る中、「警戒態勢の強化を」と訴える家臣は、疎ましく感じ、遠ざけ、義祐にすり寄る者だけを身の回りに配し、貴族然とした態度を改めようとしませんでした。

遠ざけられながらも強く意見をする重臣からは、禄を取り上げるなどの暴挙まで見せました。

「三位入道・義祐」としての奢りから「向かうところに敵なし」と信じ込んでいました。

このような義祐の態度に反感をもった支城の城代や家臣の何人かは、密かに島津と通じる者も現われていたのでした。

家臣の多くも、義祐の暴挙を知り、迫り来る危機を予知する者も居ましたが、堅く口を閉ざし、家族にも漏らす者はほとんどいませんでした。

マツはそんな危機に気付くことなく、三日前までは城下で平穏に暮らしていたのでした。

マツの夫・角川松次郎は、遠い先祖が義祐と同じとのこと、軽輩ながら可愛がられ、京の都まで供をしたこともあり、都の雅さに驚き「佐土原が都になれば」と淡い期待も持っていましたが、大きな不安感をも抱えていました。

しかし、妻のマツに都の素晴らしさは語り聞かせましたが、不安については口を開いたことはありませんでした。

松次郎は自分の名と同じ、マツがことのほか愛おしく、迫りくる死を予感しながら強く抱きしめました。

現実は、義祐を含む一部の者以外が認識していた通り、日一日と深刻さは増していました。

四十八の城を任せていた城代の多くが島津側に寝返っていたのでした。

すでにこの前、木崎原の戦い、飯野川での戦いなどで、伊東軍は四百人以上の戦死者を出しており、元亀三年の『日向記』に「都於郡、佐土原の若き衆大方不残討死（トノゴオリ、サドワラノワカキシュウオオカタノコラズウチジニ）」と記されています。

やっと事態の深刻さに気付いた義祐は、天正五年十二月八日、佐土原城から出陣しましたが、途中で重臣の反旗に合い、そのまま佐土原へ戻らざるを得ませんでした。

翌、九日佐土原城で重臣会議を開き、各支城の城代が信用できない以上は、籠城しても島津の攻撃を防ぐことは困難だと、縁戚である大友宗麟を頼り、いったん避難し軍を立て直すことが決定されたのです。

この重臣会議の最中、飫肥城を奪われた祐兵《スケタケ》が逃げ戻ってきました。もはや猶予はできません。

会議後、義祐自ら都於郡城へ馬を走らせ、明朝の出立を命じました。慌ただしい出立命令で都於郡の家臣たちを慌てさせました。旅の準備をする暇もありません。

後に言われる「伊東一族豊後落ち」です。

大友宗麟の姪にあたる阿喜多《オキタ》が、義祐の亡き次男・義益の夫人だったことから、阿喜多未亡人を避難させることも一つの口実に使われたのです。

この縁戚を頼って、豊後へ一時避難を考えたのでした。

島津の軍勢が迫り、慌ただしい逃避行でしたが、義祐には逼迫感はありませんでした。

日向の佐土原から豊後（大分）の大友宗麟の城まで、船旅を考えていました。

天正五（一五七七）年十二月九日、義祐は側近十数人とともに、都於郡城から約二里半、新田原まで馬を走らせ、ここで佐土原からの祐兵一行と落ち合いました。

総数二百余人の落ち武者が馬に食料を積み、下士や従卒が食糧や女性の着替えなどを背負い、豊後へ向かうことになりました。

ここで義祐は、支城の城主（城代）の離反が続く中、万が一を考え、港への途中の高鍋城へ、城下を通行する旨連絡をしました。使者をたて、下手から挨拶をさせたつもりでした。

高鍋城下を通らねば、港へ出ることは出来ません。船旅への進路は完全に閉ざされます。

ところが、高鍋城側は連絡の文を受け取るどころか、義祐の使者に対し矢を射かけてきたのでした。

「万が一」の事態に陥ったのです。

この時、初めて義祐は己の非に気づき一族の前で切腹を図りましたが、三男・祐兵をはじめ家臣たちに押しとどめられました。

もはや船旅での豊後行きは諦めざるを得ません。

残された道は、奥日向から高千穂の河内へ向かう山道、いや、木こりの歩いた杣道や、獣道を辿る以外にありません。食料を積んだ馬も諦めざるを得ません。

一行の中には、祐兵の妻や宗麟の姪など、さらに八歳（数えの年齢　現・小学一年相当）の虎千代麿（後バチカンでローマ教皇に謁見した伊東マンショ）等、子女も含まれています。

厳しい厳しい道中が待っています。

都於郡、佐土原、両城からの合流点、新田原から約二里（八キロメートル）にある、穂北城《ホキタジョウ》（現西都市穂北）でこの日の旅は終わりました。

この日は、穂北城から迎えも来てくれました。馬の背に食料や着替えも積み、距離も五里（二十キロメートル）弱。男たちは、背後からの敵を気にしながらの移動でしたが、何も知らない子どもたちはむしろ周りの景色を楽しみながら歩きました。

その晩は穂北城主の館でもてなしを受け、ゆっくり休むように勧められましたが、追手が迫っていることを察知し、翌朝夜の明けぬうちに密かに旅立ったものでした。

（この城跡の発掘調査から、弥生時代の石斧が出土していることから、このあたりには太古から人が住んでいたことがわかります。そして青白磁や三彩盤の破片も出土し、城での上級武士の暮らしを偲ばせます）

翌十日、早朝密かに穂北城を抜け出したのですが、鬱蒼と茂る山の入口まで城から案内人をつけてくれました。

山へ分け入ってからが想像を絶する難行でした。荷物を積んだ馬は入れません。下士たちが手分けをして荷物を背負いました。女たちは、子どもの手をひいたり背負ったりしなければなりません。

急峻な斜面を登り、尾根を越え、谷を流れる一ッ瀬川へ向かって下らねばなりません。

一ッ瀬川の流れる音が聞こえ始めた時、背後に島津軍の気配を感じました。

この時、家臣の落合兼教父子が、義祐の前に進み出て暇乞いを申し出ました。最後の別れの挨拶に来たのです。

「私たちが命をかけてこの場を防ぎます。どうぞその間に、先をお進みください」これに対し「すまぬ、兼教、命を粗末にするでないぞ。いつの日にかまた会おうぞ」と実現不可能な答えを返した義祐でした。これが当時の（永遠の）別れの挨拶だったのでしょうか。

山の上から襲いかかる島津兵、下から食い止めようとする少人数の伊東軍、兼教がいくら豪の者であっても、圧力の差、人数の差はどうにもなりません。一人、二人と倒すことはできましたが、新雪を鮮血で染め、手から刀を落とし、よろよろと積雪の中に倒れこみました。

一昨日からこの辺りでは、めったに見られない吹雪が続いています。

この戦いで、多くの命を失いました。積雪のあちらこちらが鮮血に染まっています。

雪の少ないこの地方では、誰も見たことのない異様な景色です。

この戦いで、島津の追手を遅らせることができました。

義祐一行は犠牲者をそのままに、一ッ瀬川の岸辺にたどり着いたものの、川が深く、流れも早く、渡れそうにもありません。

渡り易そうな浅瀬を探している時、以前目をかけたことのある土地の豪族・的場兵部兼光が駆けつけ、冷たい激流の中へ飛び込み、必死に泳ぎ、対岸に繋がれた筏を、義祐一行のもとに漕ぎ寄せたのでした。

兼光はよほど義祐に恩義を感じていたのでしょう。何度も・何往復も、筏を往復させ、義祐一行を対岸へ渡し終えた後、その筏を分解し流し終えました。

島津の兵士がこれらの光景を遠く、木立の蔭から見ていたのでしょうか。

一仕事終えた兼光が火を焚き、身体を乾かし温めているところへ襲い掛かり首を刎ねられてしまいました。

兼光のお陰で一ッ瀬川を渡った一行は雪深い急峻な山を登りました。

一行が川を渡り、山へ分け入った入口に現在「**豊後落ちの道**」との標識が立てられています。

食料もなく、足に履く草鞋も足袋も破れ難行苦行の逃避行でした。後ろから島津軍が追跡しています。疲れたからと云って休憩もできません。

日が暮れ夜になると、対岸斜面のあちこちに、島津兵が暖を取る焚火が、チラチラと見えます。

今夜の追跡は諦めたのでしょう。

落人の通過を知った、住民は姿を隠したのでしょうか。人の気配の無い粗末な家を見つけ、殿様家族や重臣たちが家の中で一夜を過ごすことになりました。

小さな家です。全員が家の中へ入ることは不可能です。

寒い寒い雪の夜、屋外で休息する以外に方法はありません。敵に居場所を悟られるので、火を焚くことも許されません。

凍えるからだを松次郎に預けていたマツは、吉松の手を引き、夫と年老いた母の四人で大仏様詣での夢を見ていました。吉松は道の両脇に店開きする露店に気をひかれていました。

人が動く気配に目覚めた松次郎は周りが白み始め、出立に気づき、「マツ　出かけるぞ」と身体を揺り動かし「ハッ」としました。マツの身体が燃えるように熱いのです。先ほどまで寒さで冷え切っていたのに・・。

高熱で意識を失っています。

「マツ」「マツ」と呼びかけましたが、反応はありません。この状況では助ける術はありません。

おろおろする松次郎に声を掛ける者はいません。

そんなとき「介錯してやれ」と入道の声に続き、低く小さな読経の声が響きました。

松次郎は、意識がないとは云え、まだ息をしている妻を、このまま崖下へ投げ捨てるのか迷いましたが「武士の妻たる者、最後の覚悟はできているはず」と崖淵まで運び、(この時、妻の身体を運ぶのに同僚二人も手伝いました) 首を刎ねました。

雪の止んだ早朝のすがすがしい空気の中を鮮血が飛び散り、純白のキャンバスに真紅の模様が描かれたのでした。

全員手を合わせてはいますが、すすり泣く声のみがあたりを包みました。

これがこの日に起こる惨劇の序章でした。

誰もがその不安を抱えていました。

不安を暗示するかのように、黒く厚い雲が空一面に広がり、激しく雪が降り始めました

農家の軒先にぶら下げられた、干し芋、干し柿、干し大根、身分に応じて少量ずつを口に、出立しました。この日の行程は尾八重《オハエ》城（現・西都市尾八重）まで、約四里（十六キロメートル）です。

たかが、四里といえども米良山の尾根を伝い、急斜面を下り、冷たい谷川を渡り、再び対岸の崖をよじ登り尾根に出なければなりません。

男（兵士）はともかく、城中の生活しか知らぬ奥方や姫君、若様には経験のない難行です。

それより大変なのは、奥方や姫君を助けなければならない、奥女中たちです。

さらに、義祐や重臣たちの不安は、尾八重城の対応でした。尾八重城は義祐が君臨した四十八城の一つで、城主（城代）たちの離反が続く中、受け入れてくれるのか、逆に襲いかかられることも考えられました。

両側が切り立った、危険な尾根筋を歩き、風の当たらぬ大きな岩陰で小休止した際、疲れ、草履も足

袋も破れ、腫れ上がった足から血を流す子連れの女中が「もう動けない」と言いました。夫は「足手まとい」とばかりに二人の首を刎ね、遺骸を谷底へ蹴落としました。

それを切っ掛けに三人の若い女が、懐剣を喉や胸に突き立て血飛沫を上げながら谷底へ姿を消します。それを見た夫の一人も腹を切り、苦しげに「介錯を」と哀願します。刀を振るったのは義祐自身でした。

年若い女性たちが心ならずも命を絶った付近に、彼女らの菩提を弔う「姫塚」が今日まで残り（現・西都市尾留の林道脇）訪れる人によって花が手向けられています。

尚、佐土原城と都於郡城から、大友家が支配する高千穂まで約五十里（二百キロ）、大人の足で五、六日の行程のはずです。それを十四日間も費やしています。いかに困難な逃避行であったかを物語っています。


そして落ちのびた豊後での悲惨な生活。

仏に帰依した祖父の姿に対し懐疑心を持ち始めた時、南蛮（ヨーロッパ）人キリスト教宣教師に出会ったことが彼を伴天連（キリスト教徒）の世界へと誘ったのでした。


余談になりますが、南蛮とは中国の中華思想での言葉です。

紀元前の昔、中国を統一した漢民族による「中国が宇宙の中心」との思想であり、漢民族ではない周辺の異民族は「文化程度の低い禽獣」であると卑しみ、東南アジア諸国や、これらの国々を経由して渡来した西洋人に対する蔑称です。「南方の野蛮な人」と云う意味でしょうか。

日本でもこれに倣い、西洋人を「南蛮人」と称していました。

そんなとき、日本に滞在する宣教師の思惑により、九州のキリシタン三大名（豊後の大友宗麟、島原の有馬晴信、肥前の大村純忠）の特使として伊東祐益（洗礼名・マンショ）は三人の仲間・千々岩ミゲル（日本名・紀員）中浦ジュリアン（日本名・甚吾）、原マルチノ（生誕と同時に洗礼を受け日本名は不祥）とヴァチカンへ派遣されることになりました。

その他、日本名は不明ですが、随員や世話係として洗礼名・ロヨラ、アウグスチーノ、ドラードも加わり、この三人こそが、ヨーロッパの活版印刷技術、測量技術など最新の科学技術を日本へもたらせた先駆者でした。

「遣欧使節」を派遣したとされるキリシタン三大名の思惑と、計画実行した伴天連宣教師の思惑は全くの別物でした。後述します。

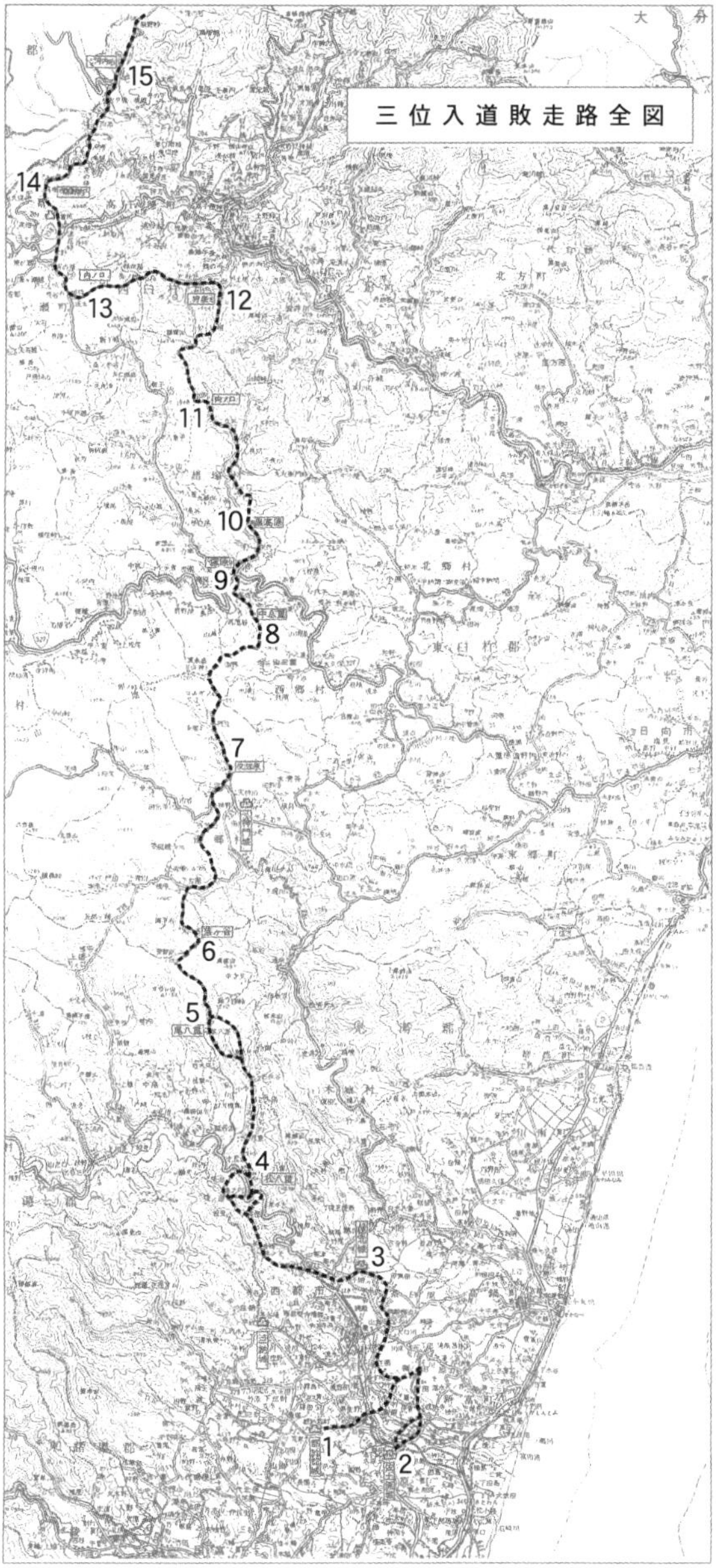

15 河内
25日着

14 桑内
24日泊

13 内ノ口
23日泊

12 狩底
22日泊

11 立宿《タチヤドリ》帯刀宅
20日、21日泊

10 黒葛原《ツヅラノハル》

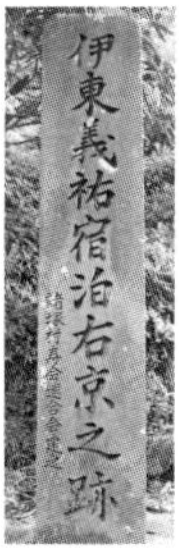

右京宅
19日泊

綾弾正宅
18日泊

9 塚原
17日泊

8 中八重
16日泊

7 保江ノ原
14日、15日泊

6 落ヶ谷
13日泊

5 雄八重（米良兵庫頭宅）
12日泊

4 松八重
11日泊
（10日泊・不明）

3 穂北城
9日泊

2 佐渡原《サドワラ》城

1 都於郡《トノゴオリ》城
12月9日早朝 出達

インドのツチコリンで座礁

祐益の容体も、神のご加護によるものか、祐益の体力が病魔に勝ったのか、何とか持ち直すことができました。

無風の大海原を漂い続けること十数日、マラッカを出港して一カ月余り、やっと風が吹き始め、セイロン島を通過したところでまたもや難題が生じました。航路を誤り、ツチコリンの海岸に近い、暗礁に乗り上げ座礁してしまったのです。

この時マラッカから、ポルトガルの領土であったインドの西海岸、ゴアを目指していたのでした。

ゴアでは、ポルトガル東洋領を支配するポルトガルの副王でもあるフランシスコ・マスカレーニャスが統治し、絶対的な権力をふるっていました。

キリシタン三大名の特使として、この副王に謁見することも目的の一つでした。

当時ゴアは東洋各地から集められた財宝を本国・ポルトガルへ搬送する中継地になっており、ゴア自体も黄金の都市と呼ばれ、財力で贅沢なヨーロッパ人の街が作られていました。

もちろん贅をつくした生活を楽しんでいるのはヨーロッパ人で、原住民は奴隷の如く悲惨な状況でしたが、この差別社会をマンショたちは気づくことはありませんでした。気づかれないよう、宣教師や関係者たちが配慮していたのでした。

マンショ一行が市街地を移動するときには、道路の両脇にヨーロッパ人による、歓迎の人垣で埋め尽くされるよう手配されていたのでした。

陸路コチンへ

幸い座礁した場所がインドの陸地・ツチコリン（インド名　トゥーットゥックディ　南部タミル・ナードゥ州の街）に近かったため、船はここで修理することになり、陸路コチンを目指すことになりました。

コチンにはポルトガルの城塞があり、そこで船の修理が終わるのを待つことになったのでした。

ボートで上陸し、高熱も収まったマンショですが、まだ自力で歩くことは困難でした。ヴァリニャーノが雇った現地人四人が担ぐ「貴人」用の乗り物で、強い日差しを避け涼しい夜間にゆったりと運ばれました。

乗り物には枕も準備され、横になると毛布がかけられ、涼しい夜風が髪を撫で、神に感謝しながら、うつらうつらと天国を味わいながらの旅を楽しむことができました。

マンショへの配慮から、暑い昼間をさけ夜間の行動になったのでした。

徐々に体力も回復し、あの苦しかった熱病の悪魔から救出してくれた神への感謝の念から、ますます神への信仰心・忠誠心を強めたマンショでした。

無風状態が続き大海原に揺れることもなく浮かぶ、灼熱の船の中で、息を引き取り、海の藻屑と消えた人々には、何故神の御加護がなかったのだろうか。彼らには信仰心が足りなかったのだろうか。そんなことは全く念頭に浮かぶことのないマンショでした。

マンショを載せた、乗り物を夜通し運ぶ原住民の苦労を考えることも全くありませんでした。

乗り物の上に横たわり、星空を見上げ

ながら移動する自分。マンショを載せた乗り物を担ぎ、揺れが少ないよう気を使いながら、休むことも許されず、歩調をそろえて歩き続ける、四人の黒い現地人。

この違いに思いをはせることのないマンショでした。

神の御前では「皆平等」のはずなのですが・・・。

マンショ自身、都於郡城で城代・祐青の嫡男・虎千代麿として生まれ、幼少時には、乳母や従臣にかしずかれ、大切にされ、自由気ままに振る舞っていましたので、「平等」の思想は持ち合わせていませんでした。

乗り物に横たわり、満天の星空を見上げ、自分の生まれ育った都於郡城から眺めた星空と、当時の出来事を思い出していました。

頭に浮かぶ幼児期の思い出　都於郡《トノゴオリ》での生活

自分とあまり年の離れていない城主・義賢《ヨシカタ》やその弟・祐勝と剣術の稽古に励んだこと。

義賢は虎千代麿より二歳年上であり、祐勝は一歳年下、まるで兄弟のように過ごしていたこと。

虎千代麿は父・祐青や、三位入道である祖父から「いずれ四十八城の何れかの城主になるのだから」と厳しく武術や学問を強いられていたこと。

都於郡城は茂る木々の中に城壁や建物が建てられた典型的な山城です。彼らの住居・奥之城から本丸、二之丸、三之丸、西之城へと子ども達の探検に事欠きませんでした。城主とその血縁者たちです。多くの家臣たちは、彼らに危険が及ばないよう、神経を尖らせ見守ってはいましたが、どこで何をしようとも咎めることはありませんでした。

木刀を片手に走り回り、かくれんぼで遊んだりしたものです。

暑い夏には喧しく鳴くセミや、草むらにうごめくカニを捕まえ、その数を競ったこともありました。捕獲数は虎千代麿が一番でした、

意気揚揚と獲物を持ち帰ると、そこへ来合せていた祖父・三位入道から「殺生してはいけない」と激しく叱責されたことは忘れられません。

夏の夕暮れ、従臣・田中國廣らに伴われ、城の麓を流れる三財川《サンザイガワ》のほとりで蛍を追いかけまわしたこと。

そして河原に寝そべり星空を見上げたこと。

この時見上げた星と、今見ているインドの星空は同一ではないことをマカオ滞在中に教えられました。

船の航行では、島影の無い大海原でも特定の星の位置で自分の位置を知り、船の針路を決めることをヴァリニャーノから学んだことを思い出しました。

目を凝らし星空を見上げましたが、都於郡での星空との違いは分りませんでした。広大な天空にまたたく星の位置と、大海原に浮かぶ船の位置とに関係があるとは、考えも及ばないことでした。

マンショの家族

虎千代麿は父・祐青と母・町ノ上の長男として永禄十二（一五六九）年、都於郡城の奥之城で産声を上げました。（彼の生年月日は記録にはありません。亡くなった年とその時の年齢から推測したものです）

都於郡城は、宮崎県西都市にあるおよそ百メートルの丘陵に築城された典型的な山城でした。本丸の他、奥之城、二之丸、三之丸、西之城の五つの城郭があり、奥之城は本丸の西に接し、城主家族の居住区になっていました。

この時の城主は年若い伊東義賢《ヨシカタ》でマンショの父・祐青が後見として城代を務めていました、義賢の父・伊東義益（伊東本家十一代）が早世したため嫡男・義賢が幼少ながら伊東本家十二代当主を継ぎ都於郡城主に収まっていました。

話は変わりますが、伊東家は伊豆の時代から、代々「祐」の字が「通り字」です。三位入道が足利将軍・義晴より「義」の一字を偏諱《ヘンキ》され祐清から義祐と改名してから、その名誉を大切に嫡男に義益、そして嫡孫すなわち義益の嫡男に義賢《ヨシカタ》と名づけ、義賢の弟には通り字に戻り祐勝と名乗らせました。そして自らの三男には通り字に返り、祐兵《スケタケ》と名乗らせました。義祐の長男は早世したため次男の義益を嫡男としました。

三位入道・義祐には正妻の他複数の側室があり、子どもの人数も定かではありません。祐兵が三番目に生まれた男子であったのかも定かではありません。

しかし、祐兵は後に初代飫肥城主になってから、伊東本家十三代当主に納まっています。

マンショの母・町ノ上は十代義祐（三位入道）の娘です。だから三位入道はマンショの祖父にあたります。

十代義祐は嫡男に伊東本家の居城を譲り、近くの佐土原城に移り、悠々自適の隠居生活を送っていました。

その悠々自適は常識とはまったくかけ離れていました。

朝廷（実質的には足利幕府）から従三位と相伴衆の位を与えられていることから「自分は貴族である。やがては天皇を迎え佐土原を都にしよう」と思い上がるようになりました。

京の金閣寺を模した金箔寺や大仏まで作り、都に相応しい街づくりに着手していたのでした。

そのために、九州一帯を平定しなければなりません。一番目障りだったのが薩摩の島津でした。

そんな時、伊東本家十一代義益が二十六歳で早世してしまいました。

義祐は年若い嫡孫・義賢を伊東本家十二代として都於郡城主に、マンショの父・祐青に後見として城代を命じ、自分が実質的当主に復帰し、佐土原城に居を移したのでした。

佐土原城に君臨した義祐は、四十八城の司令塔として、島津軍との戦いや、仏教の信仰を家臣に命じ、都に相応しい佐土原の街並み整備、自らは公家を気取り、家臣たちを戸惑わせていました。

貴族との思いあがりから贅沢三昧な生活。そして高僧を招き家臣に仏教の経典を学ばせ、さらに山伏に扶持（給与）を与え召抱えるなどで、戸惑い、不満、反感をもつ家臣も多く、公然と反旗を翻す支城の城主も現われる始末でした。

その結果が島津軍に徹底的に敗れ、大友宗麟を頼っての豊後落ちになったのでした。

その後の命運を変えた船長の親切

話は前後しますが、ヴァリニャーノに引率された使節団一行が長崎港を出港したのは天正十（一五八二）年二月二十日のことでした。

ポルトガルの商人・イグナシオ・デ・リーマが所有し、自らが船長を務める三百トン、三本マストの帆船（当時の大型船の動力はすべて風力でした。風任せの航海でした）に乗り込みました。生きて帰れる保証もありません。

神のご加護と船員たちの航海術に頼るのみです。

最初の寄港地、中国大陸のポルトガル人居留地・マカオへ向けて出港しました。

出港してから三日目激しい嵐に見舞われ、初めて経験する大波にもまれる船、初めて経験する激しい船酔い。吐き出す物もなく、胃腸まで吐き出すのかと思うほどの苦しみを味わいました。

激しく揺れる甲板。風雨にさらされ、頭から浴びる波しぶきの中、「ゲー、ゲーッ」と吐き続け、大きく横へ傾く甲板を転げまわる仲間を、自分の吐瀉物で汚れた身体も気にしてはおられません。

仲間を助けねばなりません。

船の傾きとともに甲板を洗う海水に押し流され、大波に飲み込まれようとする仲間の手を握る者、その片方の手を握りマストまで力の限り引き揚げ、少年たちが必死に助け合いマストに抱きつくことができました。

安心することはできませんでした。そんな少年たちに激しい波が容赦なく襲いかかります。

船は右へ左へと揺れ、少年たちは再びゴロゴロと甲板を転げまわります。

そんな少年達に気づいたリーマ船長は、船員たちに船長室への収容を命じました。

船員たちの必死な救助活動で、一人も海へさらわれることなく難を逃れましたが、しかし全員意識は朦朧と、「ゲー、ゲーッ」と出ないものを吐き続けていました。

船に慣れていない、使節団や随員の日本人たちの苦しみ様は、他の乗組員とは異質でした。

そんな彼らを船長室へ収容し、船員に命じ、身体に付着した汚物を拭きとらせ、水を飲ませるなど、親切に介抱してくれました。

このリーマ船長の心からの親切が、使節たちの命運を大きく変えることになるのでした。嵐を乗り越え、長埼を出てから十七日目・三月九日、マカオに上陸することができました。


当時の航海は風任せです。次の航海まで十カ月もの間、風待ちのため滞在しなければなりませんでした。

その間、使節たちはラテン語や、キリスト教を中心にしたヨーロッパの歴史、科学技術等、日本では考えられない勉強に明け暮れました。その他オルガンなど西洋音楽の勉強にも励まされました。

経験のない船旅、海上での嵐。

上陸後はヨーロッパ風の建物、街を馬車で走り抜ける南蛮人、日本では見たことのない服装で物売りをする支那人、経験のない街の光景ばかりです。

そして食事は全く口に合いません。

日本とは異質の景色、文化、習慣等々、戸惑うことばかりでした。

何故か、南蛮風の街並みから外へ出ることは許されませんでした。「自由に歩き回りたい」との欲望は抑えなければなりませんでした。

長い長い十カ月でした。しかし、まだまだ旅は始まったばかり、これから先の方が数倍長いと聞かされました。

当時の船乗りたちでも十分季節風の知識は持ち合わせていました。二月下旬長崎港を出港しても、そのまま航海を続けることは不可能です。十カ月のマカオ滞在は最初から計算済みでした。何も知らない少年達の教育、洗脳の期間だったのです。

少年たちは戸惑うことばかりで、望郷の念を禁じることは出来ませんでした。そんな時はゼウスの神に祈ることで時を過ごしたのでした。

この十カ月は表向きの「風待ち時間」ではなく、少年たちにラテン語や宗教音楽、そしてヨーロッパでの生活を教え込むのに必要期間であり、この期間を見込んでの長崎港出発だったのでした。

黄金の国・ジパング

マルコ・ポーロによる『東方見聞録』に「黄金の国・ジパング」の記録があります。

この書物が出版されたのは千三百年頃と云われます。

マルコ・ポーロは二十数年間、アジア諸国を歴訪したとのことですが、彼は日本へ立ち寄ってはいません。知人からの伝聞でジパングをこの書籍に残したと云われています。更に、彼が執筆したのではなく、ルフティケロ・ダ・ビサが口述筆記し、出版されたものでした。

誰がこのジパングを見たのかは不明瞭です。不確かな記述です。

この書籍には「ジパングは島国で莫大な金を産出し宮殿や民家は黄金で出来ているなど財宝にあふれている」と当時の南蛮諸国を刺激しました。

そして、これより前の十世紀ころ「ジパング」との言葉が南蛮諸国に知られていました。

「ジパング」とはアラビア語で「金山を有する島国」と云う意味だそうです。

これらジパング伝説は、奥州（岩手県）平泉の「中尊寺・金堂」を見た中国人から伝えられたものと考えられています。

時は大航海時代、マゼランにより地球一周が成功し（マゼランは途中で命を失っていますが）、十五世紀半ばから、スペイン、ポルトガル、イタリア人達によってインド、アジア大陸、アメリカ大陸への植民地主義的な海外進出が盛んになりました。

表向きの理由は、キリスト教の布教です。

黄金の国・インカ帝国を滅亡させたのは・・・

筆者の印象に残っていることの一つに、南米・インカ帝国の滅亡があります。インカの首都であったクスコでの現代人には考えも及ばない、精巧な石積みの城塞や、寺院の廃墟を見学しました。

これら建造物をすべて破壊し尽くし、黄金を奪い去ったのがスペイン人です。

スペイン軍の隊長フランシスコ・ピサロは一五三三年、インカの皇帝を処刑し、インカ帝国を滅亡させました。

首都・クスコにあった、太陽神殿の黄金をすべて奪い取り、破壊した後に、サント・ドミンゴ教会を建てたのでした。

表向きのキリスト教会を建てています。

フランシスコ・ピサロは百七十人の軍隊と、従軍宣教師によってインカ帝国を滅亡させました。

ピサロは「ペルー建国の父」として、故郷スペインから「騎

スペインに滅ぼされたインカの遺跡
ペルー　クスコ市

馬像」が贈られ、一九三五年、リマ市（現在の首都）に建てられましたが、「国民感情に合わない」との理由で、一九九八年撤去されてしまいました。

これらと同一線上にあるのが、「ジパング」でした。

日本を訪れた、南蛮商人や宣教師たちは、京の都で金閣寺を見ています。

また織田信長と謁見したフロイス神父と、ヴァリニャーノ神父も安土城の「黄金の間」も見ています。

しかし、奥州の金色堂も金閣寺も安土城も、薄い金箔を張り巡らした（それなりに贅を尽くしていますが）黄金での建造物ではありません。（言い方がわるいかも知れませんが、こけおどしです）

更に「民家までが黄金の家」等、ありようはずがありません。

貧困にあえぐ人々が殆どであったのですから。

日本は決して「黄金の島・ジパング」ではありません。

在日した南蛮商人や宣教師たちが、この事実に気付かねば、日本もインカの二の舞であったかもしれません。

日本では本能寺の変

「使節団」がマカオ滞在中、日本では彼らの命運を左右する大事件が起こっていました。

本能寺の変です。キリスト教に好意的であった織田信長が倒されてしまったのです。

天正十（一五八二）年六月二日のことでした。

さらにポルトガルの王家が断絶し、スペイン国王・フェリーベ二世がポルトガル国王を兼任することになっていました。

これらの事実がマカオ滞在中の彼らに伝わることはありませんでした。

神の御加護で沈没を免れる

いよいよ季節風が吹き始め、次の航海です。

ポルトガル政府や教会が、これまでより大きく快適な帆船を準備してくれました。

しかしマンショたち使節はリーマの親切が忘れられず、ヴァリニャーノに頼み、同じ船に乗ることになりました。次の航海はマラッカ海峡を通り、インドのゴアが目的地です。

途中、マラッカやインドのコチンで関係者への挨拶も計画されていました。

一五八二年大晦日にマカオを出港しました。

海南島付近でまたもや大きな嵐に襲われ、あわや沈没かと恐怖に慄く使節たちでしたが、積み荷の一部を投げ捨てるなど、船員たちの必死の操船により、ようやく難を逃れることができました。

船がマラッカ海峡に入るため、シンガポールに近づくと腹を上にした難破船が漂っています。使節団がマカオからの乗船を勧められた豪華船でした。

この船に乗っていたら、今頃は海の藻屑として生きてはいませんでした。

マカオに停泊していたこの船は、今乗っているリーマの帆船よりはるかに豪華に見えました。

しかし、長崎からマカオまでの航海で、リーマ船長の親切に感動した使節たちは、豪華船ではなくこの船に乗船したのでした。

これも「神の御加護であったか」との感謝の念からますます信仰心を深めたのでした。

難破した船に乗っていた人々は何故神のご加護が受けられなかったのでしょうか。もし

信仰深い使節たちがこの船に乗っていたならば、難破を免れたのでしょうか。

そんなことには考えの至らない彼らでした。

当時、遠洋航海に出た帆船の半数近くが、目的地にたどり着くことなく難破しました。難破を免れ、目的地での商売で大儲けをした南蛮商人たちは、すべて「神の御加護によるもの」と感謝し、ますます信仰心を強め、商売の相手国で自らの体験からキリスト教の布教にも力を注いだのでした。

だから、当時日本へたどり着く南蛮船のほとんど全てが、商船（時には海賊船）であり布教船でもあったのでした。

少年使節を派遣した九州の三大名の真意も、この南蛮船による武器の入手や交易の拡大にありました。

遣欧使節を派遣したとされる大名たち　キリシタン大名

三大名のうち典型的なのが島原の有馬晴信（洗礼名　ドン・プロタジオ）です。

南蛮貿易がもたらす大きな利潤の魅力と、叔父にあたる大村純忠（洗礼名　バルトロメオ）の影響で受洗し、キリシタン大名として、少年使節派遣に加わりましたが、その二年後に彼の真骨頂を見せつけています。

使節を派遣した二年後、一五八四（天正十二）年三月、肥前（佐賀）の龍造寺隆信が島原半島北部より数万に及ぶ兵力で攻め込んできました。

迎え撃つ有馬軍は（支援する島津軍を含め）十分の一の兵力です。

沖田畷（現・島原市北門町）で対峙しましたが桁違いの軍勢で誰の目にも勝敗は明らかでした。

そんな時、付近の海岸に漂着した南蛮船が提供した大砲で圧倒的に勝利し、龍造寺隆信を打ち取ったのでした。

そして南蛮貿易で多くの利益を上げました。

大恩を感じた晴信は、長崎の浦上をイエズス会に寄進したため、この地にキリスト教が根付くことになったのでした。

もちろん晴信自身も熱心な伴天連（キリスト教徒）になりました。

そんな時、南蛮伴天連から、少年少女たちを集め、インドのゴアへ奴隷として送るよう要求されました。

この非人道的要求に晴信自身がどのように応えたかは記録にありません。

しかし南蛮伴天連たちの布教活動の真意が読み取れます。

他の二大名も武器や南蛮（ポルトガル、スペイン、イタリア等）の品々への魅力による入信と言っても過言ではありませんでした。

特に大友宗麟（洗礼名　ドン・フランシスコ）は、永禄十（一五六七）年「山口の王（毛利氏）に勝つために、私にだけ、毎年二百斤（約七十五トン）の硝石（火薬の原料・硝化カリュウム）を送ってほしい」とマカオのイエズス会に要求し、翌年には大砲の注文までしています。当時の大量破壊兵器です。

尚、宗麟とは禅宗に帰依し頭を丸めた時の宗教名で、元の名は義鎮《ヨシシゲ》と称していました。禅僧から伴天連への変貌でした。

大村純忠はイエズス会の歓心を買うため、自領の寺社を徹底的に破壊したことで知られています。

寺社を撲滅することこそが「神」への奉仕であり、その見返りとして神が合戦の勝利をもたらせてくれるとの思惑でした。

彼のキリスト教への帰依は、あくまでも戦国の世を勝ち残ること、敵を殲滅することが目的でした。戦争に勝つ。相手を殺す。殺人が「神への奉仕」だったのでしょうか。

支配地の拡大以外に真意はありませんでした。

その他、戦国大名や武将たちの伴天連への入信もそれなりの理由がありました。

人間は弱いものです。戦火に明け暮れた当時、生き残ったのは敵兵の命を絶って生き延び、現在の地位を確立した者ばかりです。大勢の人の命を奪った者たちです。

他人の命を奪って、人を殺して、罪の意識を持たない者はいないはずです。

「閻魔様」に地獄行きを命じられても仕方がありません。

そんな彼らの不安を、伴天連ではゼウスの神が助けてくれるのです。

聴罪師の前で、自らの罪を告白すれば救われるのですから・・・。

大友宗麟の聴罪師は、幼少の伊東祐益を伴天連・マンショへと導いたラモン神父その人でした。

多くの彼らが、神の御前にぬかずき、洗礼を受けました。

さらに、一向一揆に悩まされた織田信長は仏教への警戒感から、伴天連（キリシタン）に寛大であり、布教に援助の手さえ差し伸べたのでした。


遣欧使節がヴァチカンへの途上、日本では、本能寺の変で織田信長が命を落とし、山崎の戦いで明智光秀が敗れ、豊臣秀吉の時代へと移り変わっていました。

伴天連（キリスト教）擁護から、禁止、追放そして迫害へと時代が変わろうとしていました。

ことの善悪は別として、豊臣秀吉の疑惑は的を射ていたのかも知れません。

南蛮（ポルトガル、スペイン等）はインド、マカオ等に次いで日本を支配下に置くことが最大の目的だったのですから。

日本（九州の三大名）がローマ教皇に「恭順する」との親書を奉奠することこそが、イエズス会の思惑であり遣欧使節の役割でした。（ローマ教皇とはカトリック教会の最高権威者であり、日本では、「皇」の字が「皇室」関係に使われる字であるためこの字を避け、法王と呼ばれています。本書では当時のまま教皇で統一します）

もちろん、その本音を三大名もマンショたち使節団の知るところではありませんでした。

当時、日本で活躍した宣教師全てが下心を持っていたわけではありません。純粋に「神の慈悲」を確信し、布教に努力した宣教師の存在を否定するものではありません。

イエズス会により連れ出された「遣欧使節」

話は先に進み過ぎるかも知れませんが、ヴァチカンで教皇に奉奠した三大名の親書は日本語で書かれています。それをマンショが読み上げたのですが、教皇以下だれにも意味のわかるはずはありません。それこそがイエズス会の思惑でした。

マンショの読み上げる親書を南蛮伴天連が、彼らの本音での通訳をしました。しかし逆に日本人には理解できません。

お互いに、都合の良い親書奉奠の儀式が行われたのでした。

「少年遣欧使節」は日本側が派遣したのではなく、イエズス会の一部、その中心人物・ヴァリニャーノによって「派遣」を装った「連れ出し」だったのです。

前述しましたが「イエズス会」と云うのは、異教徒をキリシタンに改宗させるための精鋭部隊であり、キリシタンの領土拡大を目的にしていました。

抵抗する異教徒に対しては武力を使うことも厭いませんでした。端的にいえば植民地の拡大こそが最大の任務でした。


座礁した船の修理は七カ月も要しました。その間コチンの城塞で、少年たちは語学、歴史、音楽の勉強で過ごしました。

修理を終えたリーマの船でコチンを十月末出港、アラビア海を二十日ほど航海し、インドのマンドビ河を遡上し、やっと長崎を出港してから一年九カ月目に、最初の訪問地・人口三十万の「東洋のバビロン」「黄金のゴア」に到着しました。

ここがポルトガルの東洋支配の最大拠点でした。

ポルトガル王の意図に従い、副王がこの地を統治しているのでした。

ゴアの港から、貴族用の馬車で、宿舎にあてられた聖パウロ学院へ迎え入れられたのでした。

馬車の窓から見えるヨーロッパ風の大建造物が建ちならぶ街並に圧倒されるばかりのマ

ンショたちでした。

（この眩いばかりの豪華な街は、現在では廃墟と化し当時の面影は見せません。「栄枯盛衰」そのものです）

翌日、宿舎から道路の両脇に歓迎する人垣の中、馬車で宮殿まで出向き日本の武士としての正装で、副王・マスカレーニャスに謁見しました。

副王の前で、キリシタン三大名から教皇にあてられた、親書をマンショは日本語で読み上げました。

キリスト教界最大の権力者である教皇にあてた親書を、教皇より先に副王の前で読み上げるとは常識では考えられません。通訳により本音での内容を副王にあらかじめ知らせることが目的でした。

三大名による親書の趣旨とは異なる「教皇に恭順する」旨の通訳に、満足した副王は、その後の船旅用にと豪華船・サンチャゴ号と多額の旅費まで提供してくれたのでした。
さらに日本の三国王の特使にふさわしい、貴公子としての服装も準備してくれたのでした。

ヴァリニャーノ等の思惑で、三大名のそれぞれを国王と称していたのでした。一概に嘘と決めつけることはできません。ヨーロッパの各国も、当時小さな幾つかの王国や公国に分かれていたのですから。公国と云うのは、自ら「貴族の国」と名乗っていた小さな国です。

マンショ自身も「トノグリの大王（三位入道・義祐）の孫」と名乗っていました。当時、都於郡を地元の人々もトノグリと発音していました。

仏教発祥の地が神の国

「日本の三国王」と云っても高々日本の片隅、九州の一地域を支配する大名にしかすぎません。とても日本を代表する使節とは云えません。
使節たちは、これまでに経験のない街並み、食事、服装、裕福な人々の暮らしに幻惑され、これがゴア。インドの都だと、ゼウスの神による恵み、伴天連の素晴らしさを体感、感動し、この地が天竺であり、釈迦の生誕地、仏教発祥の地であることに思いいたることはありませんでした。

日本人が地理を理解するにはまだ時間を要しました。ヴァリニャーノたちの思惑通りに事は進んでいるのでした。

「良くないものは見せるな」

ゴアを出港する直前、マンショにとって悲しい知らせがありました。熱病で生死の境をさ迷っていた時、親身に看病してくれ、兄か父のように慕い、頼りにしきっていたヴァリニャーノがこのままゴアに留まることになったのでした。ローマイエズス会総長からの命令では仕方ありません。

東洋布教責任者・インド管区長を任命されたのでした。

この時、ヴァリニャーノは使節たちをヴァチカンまで引率する後任者に、指示書を渡しています。

曰く「良いものだけを見せて、悪いものは絶対に見せるな。外部の者とは交際させるな。

彼らはよく教化され、ヨーロッパのキリスト教界を高く評価させることが大切なのだ」「ヨーロッパに長く滞在させるな、良くないものを見たり、良くないことを学んだりする危険性があるから」と。

これまで滞在したゴアには「見せてならないもの、良くないもの」があふれていました。ヨーロッパ人から人間扱いされない貧しいインドの人々、窃盗、強盗、奴隷、売春等々、表面のきらびやかさの裏側には悪いものがあふれていました。目隠しされた使節たちだったのです。

豪華船から次々と投げ込まれる死者

副王から提供されたサンチャゴ号でマンドビ河を下り、コチンを経由し、インド洋を南下し、またもや長い長い船旅でした。

その間使節たちは、語学、歴史の勉学に、鍵盤楽器、管楽器、打楽器等、西洋楽器の練習にも励まされ、社交ダンスまで教科に取り入れられていたのでした。

大男の宣教師や船員と抱き合い、たどたどしくステップを踏む少年達の姿は噴飯物でした。

休憩時間には大海原での魚釣りも経験し、大物がかかった時は興奮したものでした。

コチンを出港してから四か月、アフリカ大陸の南端・喜望峰を通過しました。

セント・ヘレナ島で休息

そして一五八四年五月二十七日、かの、ナポレオンが流されたことで知られる、セントヘレナ島で航海の疲れを癒すため、上陸、休息が与えられたのでした。

この島はアフリカ大陸から約二千八百キロもの沖合にある無人島でした。

しかし、当時はポルトガル領であり、航行する船舶への食料、飲料水補給基地として機能していました。

野菜の種が蒔かれ、果実が稔る木も植えられ、時たま人が寝泊まりする半無人島の性格をも持っていました。

食料の貯蔵庫、船員の宿泊所や、神に祈りを捧げる粗末な礼拝堂も建てられていました。

やがて人々が定住するようになり、現在はイギリス領に組み入れられています。

もっともナポレオンの流刑は、マンショたちの上陸より三百年も後の出来事でしたが・

・・。

多くの死者を出した船旅、食料も飲み水も乏しく不安な毎日、狭く退屈な船室。そして今、激しい揺れに慄くこともない大地。

冷たい川の水、甘酸っぱい野生の果実等、十日間の陸上生活を楽しみました。

釣りも、狩りもハイキングも経験しました。

この後、いつになるのか、誰が収穫するのかも分りませんが、この島へ立ち寄る船のため、トウモロコシの種も蒔きました。

蒔く前には土地を耕さねばなりません。見たこともない鉄製の鍬を使い、宣教師の指導で生まれて初めての農作業も経験しました。

種蒔きの後には水もやらねばなりません。

これらの作業は、この島へ寄港する船の常識になっていました。

かつて、この島へ立ち寄った船員たちが放牧したものでしょうか、野生化したヤギもいます。

海鳥《ウミドリ》の楽園の如く、足の踏み場もないくらいカツオドリたちが卵を抱いています。

もちろん樹上にも様々な鳥が営巣しています。「ピーピー」とひな鳥の合唱も、同じ大自然の中とは云え、船での生活とは全くの異質な環境に包まれ、幸せなひと時でした。

海辺で魚釣りも楽しみました。たくさんの魚が、次々とかかります。

しばらく釣に気を取られていましたが、海の上には沢山の海鳥（カツオドリやアジサシ等）が舞い、まっしぐらに海中に突入し、魚を咥えて舞い上がります。

そんな瞬間をねらって黒く大きな鳥（フリゲートバード）が、餌の横取りをしました。

この大きな黒い鳥は自分では漁をしないで、カツオドリの獲物を横取りするのだと、宣教師に教えられました。

この黒い大きな鳥は海上で、魚の強奪だけではなく、陸上で卵やひな鳥に襲いかかります。

釣りに同行した宣教師は、この鳥と同じように、近くで繁殖しているカツオドリの卵や雛を採取しています。親鳥は「ガーァーガーァ」と泣きわめいています。

マンショには、少々心の痛む行為でした。

彼らが釣りを楽しんでいる間に、宣教師や船員たちが、銃で野生の山羊を仕留めて来ました。

新鮮な肉や魚、新鮮な野菜に果物。至福な夕食を楽しみました。

少年たちは、山羊の肉を火で焙り、よく焼けてから海水で塩味を付けて口へ運びましたが、唯一人、千々岩ミゲルだけは山羊肉を口にしようとはしませんでした。

焼肉を口へ運ぶマンショを見てミゲルが言いました。

「四つ脚の動物は食ってはいけないのだ」

「俺は神の息子になったのだ。仏の教えは信じない。腹が減っては生きてはゆけない。この肉はうまいぞ」と。

ミゲルはどうしても焼肉を口へ運ぶことはできませんでした。しかし焼き魚は旨そうにほおばっていました。

「鳥や魚は食って良く、何故四脚はいけないのだ」

このマンショの問いに、ミゲルは何も答えませんでした。

宣教師たちは、血がしたたる、ほとんど生焼けの肉を貪り、口のまわりを赤く染めていました。

少年たちは、小声で「野蛮人だ」「だから南蛮人と言うのか」等、ささやきあったものでした。

そんな時マンショは、自分が釣り上げた魚を口に、幼少期、セミやカニを捕まえ、祖父から「殺生をすれば、神罰がくだる」としかられたことを口に出しました。

「海鳥たちは、魚を食わねば生きてゆけない。泳ぎのできない黒い鳥（フリゲートバード）も海鳥の獲物を横取りしたり、雛や卵を強奪したりしなければ生きてゆけない。自分たち人間も肉や魚を食べなければ生きてはゆけない。生き物は皆、ほかの生き物の命をもらって食べる。これは神様がお決めになった仕組みなのだ」と宣教師に教えられ、「食べられることは一番の幸せなのだ」「神のご慈悲に感謝を」と言われ、ミゲルも含め頷かざるを得ない少年たちでした。

翌日、自分たちの幸せを改めて感謝し、この島唯一の粗末な礼拝堂に参拝しました。この時ロヨラは和紙に「われら豊後の屋形の使者、伊東鈍満所ら・・・この甘美なる絶海の孤島に滞在し、楽しき日々を過ごせリ・・・」と神への感謝を墨書し、壁に張り付けました。

そして、宣教師たちに連れられ、狩猟にも出かけ鉄砲で獲物を狙いましたが、少年たちにとって初めての経験で、弾は一発も当たりません。

引き金を引いた時の破裂音に恐怖心を抱いたのです。

他人の射撃時には両耳をふさいでいましたが、自分が撃つ時には耳をふさぐことができません。その恐怖心から、どうしても狙いが定まらなかったのです。

宣教師は藪蔭に潜む、一頭の雌山羊に狙いを定め、一発で仕留めたのでした。母親だったのでしょうか、息絶えた獲物から子山羊は離れようとしませんでした。

そんな子山羊にお構いなく、宣教師たちは獲物を小屋へ運び解体に熱中していました。

マンショ（祐益）の父祐青は伊東一族の武将の中でも、「犬追い物」の達人と評判が高く、幼いマンショ（虎千代麿）はそんな父親の姿に鼻を高くしたものでした。

囲いの中に放たれた犬を馬に乗って弓矢で追い回す競技と、今、目の当たりにした南蛮人の射撃とでは比較にもなりません。

都於郡と南蛮の差をここでも見せつけられたものでした。

この時、千々岩ミゲルは、宣教師の態度に、食物の確保だけでは無く、狩猟を楽しんでいるのではとの疑問がよぎったのでした。


楽しい十日間でしたが、大量の蚊に悩まされもしました。

何故この島に幽閉されていたナポレオンは、熱病（マラリア）に侵されなかったのでしょうか。


そうです。六月六日、この島を出港すると直後から、熱病患者が続出し、寝棺が次々と「アーメン」に送られ、海へ流されたのでした。犠牲者は三十六人にも及びました。

神のご加護によるものでしょうか、使節団には一人の犠牲者も出ませんでした。

おそらく使節一行はマラッカで蚊に刺され、免疫を獲得していたのでしょう。

蚊に刺されウイルスに感染しても必ずしも発病するとは限りません。「神のご加護」？で発病することなく、免疫だけ獲得したものでしょう。

改めて、使節たちはゼウスの神に、感謝の祈りを捧げるのでした。もちろん彼等は「免疫」の概念は持っていませんでしたが。

熱病だけではなく、揺れる船から振り落とされた船員が命を落とす事故もありました。

船長をはじめ、ボートを出して助けようとする乗組員は一人もいませんでした。

船員たちの間でも、船長を頂点に身分差があり、助けるに値しない輩《ヤカラ》であったのでしょうか。それとも死者の続出で、人間の死に対する感慨が麻痺していたのでしょうか。

特に、マンショは都於郡から豊後までの逃亡時、多くの家臣たちの犠牲によって生き延びたのです。このような惨事に対し憐憫の情は都於郡の城に置き忘れて来たのでしょう。

使節たちも、呆然と眺めるだけでした。しかし、ゼウスの神に「安らかに天国へ召されますように」と、祈ることは忘れませんでした。

海賊と銃撃戦　アフリカ西海岸沖

島影一つない大海原では、くる日もくる日も、自分の居る位置は、巨大な円盤の真っただ中に静止したかのような、変化の無い毎日です。

喜望峰を回り、アフリカの西海岸沖を北上し、赤道付近を航行していました。

この時期、この地方では雨が降ることはほとんどありません。乾季と言います。

昼間は強烈な太陽に照らされ、反射し光輝く巨大な円盤鏡の中心での生活が続きます。

強烈な日光を避け、少ない日蔭を求め退屈な退屈な日々を過ごしました。

そんな毎日でも、早朝決まった時刻に、東の水平線から徐々に姿を現し、夕方西の海底へ沈む太陽の美しさに感動し、眺め続ける毎日でした。

そんな太陽を隠してはしまわない程度の薄雲がたなびいていると、この世のものとは思えない紫、赤、黄色のグラデーションを見せてくれます。

天球一面にまたたく無数の星々。そんな中にも、明るく輝くいくつかの大きな星にも心が引かれました。

この明るく輝く大きな星は、時刻とともに移動し見上げる位置（角度）が変わります。

この天体ショーは確実に毎晩繰り返され、就寝前のひと時、甲板から天空を見上げる日課が繰り返されました。

これら星の位置から船の位置がわかり、進行方向を判断するのだと、船員たちは毎晩決まった時刻に観測し、書き留めていました。

船員たちがその理由を教えてくれましたが、理解には至りませんでした。

しかし、これまでに何度か、船が陸に近づくと前方水平線から陸地が徐々に浮かび上がり近づいてきたこと、そして帆柱（マスト）に登り、四方を見渡すと、大海原が大きな大きな円盤に見えることとで、これまで全く考えたこともない、南蛮人の言う「地球は丸い」が何となく真実に思えるのでした。

夜明け前、海鳥の鳴き声を聞きました、ネッタイチョウでしょうかカツオドリの仲間でしょうか、マンショには異国の鳥の名前は分りませんが、陸地に近づいていることを感じ、「そろそろ朝日が昇る時刻だ」とベッド上に座りました。

その時でした。外部からあわただしい足音と「海賊だ！」の叫び声が聞こえます。あわてて衣服を身につけ甲板に出ると多くの乗客、船員たちが船の右舷から沖を眺めています。

一隻の帆船が近づいてきます。帆船の前を手漕ぎの小舟が数艘、突き進んできます。目前に近寄る小舟には、漕ぎ手が座る横に銃が見えます。

帆船が、向きを変え、こちらに右舷を見せた直後「ズドン」と轟音を轟かせ大砲を発射しましたが弾丸は届く前に水柱とともに着水し、小舟からも銃声が響きましたが銃弾が届くにはまだ距離がありました。小舟はまっしぐらに突き進んできます。

サンチャゴ号からも乗客を後ろへ下がらせ、船員や宣教師たちが銃を構えています。

船長の声が響きます「もう少し引きつけろ」異国の言葉は分らないもののマンショには

そのように聞こえました。小舟からはさらに発射が続き、マンショたち乗客全員物陰に身を伏せます。

「打て」の命令とともに一斉射撃が始まりました。

大きな波に揉まれ狙いの定まらない小舟に対し、こちらは大型帆船です。ほとんど揺れることはありません。

相手側の銃弾は一発も当方に被害をもたらせませんでしたが、相手の数人は銃弾を浴び小舟から吹き飛ばされました。

不利を悟った相手側の小舟が、母船へ逃げ帰ろうとした時、サンチャゴ号から三発の大砲が発射され、ことごとく命中したのでした。

当時の大砲は弾丸を発射すると砲筒が過熱し、その熱が冷めるまで次の弾丸や火薬を詰めることはできません。次の発砲までには時間がかかるのです。サンチャゴ号は左右両舷に三門ずつの大砲を隠し装備していたのでした。

右舷の三門を使ったのですが、同時に発砲することは不可能です。発砲すると反動で船は揺れ傾きます。揺れが収まるまで次の発砲を待たねばなりません。

それでも三発の発砲で海賊船を撃沈しました。

逃げる小舟もことごとく撃沈し、海賊で生き延びた者は一人もいませんでした。

「悪は滅び」「善が生き延びる」神の御心だったのでしょうか。

海賊たちが銃弾を浴び、血飛沫を上げ海へ落下する様子に、千々岩ミゲルは複雑な気持に陥りましたが言葉にすることはありませんでした。

このような出来事の後も、引率の宣教師たちから、キリスト教の社会や神の慈悲について教え込まれる使節たちでした。

命の危険に晒されたり、これまで経験のない外国語やヨーロッパ（キリスト教）の歴史を教えられたり、島影ひとつ見えず、自分がどこに居るのかも分らない船旅。

使節たちにとって、緊張を強いられ、そして時には時間をもてあまし退屈を強いられ、緊張と退屈の、不安な船旅でした。

そんな時、マカオでの風待ちの時も同じでしたが、使節団・日本人同士が集まり、日本語で語り合う短い時間が唯一の心休まるひと時でした。

しかし、宣教師の目が光り、こんなチャンスもなかなか現われませんでした。

日本人のみが集まることが禁止されていたわけではありません。集まっているところを見つかれば宣教師の誰かが割って入り、会話に加わり「ありがたい話」を聞かされるのでした。

アフリカ西海岸沿いに北上し、目的のヨーロッパ大陸西端に近づいていた時、日本人だけが集まる機会が訪れました。彼らは、そんな事実を知りませんでしたが、宣教師たちは上陸後についての打ち合わせをしていたのでした。

少年達だけの会話は、何度も、何度も同じ話の繰り返しです。ほとんどが彼らの幼少時代を過ごした故郷での思い出でした。

祐益（マンショ）も都於郡での懐かしい思い出を語りましたが、決して豊後落ち、そして後の豊後での辛く悲惨な経験については語りませんでした。

本人は「トノグリの大王の孫」を名乗らされているのですから。さらに「大友宗麟の名代」にさせられているのですから。（もちろん、これらは宣教師の思惑でした）

そんな時、千々岩ミゲルが「神の御前では平等と教えられているが本当だろうか」と疑問を小声で語りかけました。

彼はヴァリニャーノが心配する「見せてはならないもの」を感じ取っていたのでした。

マカオでの十カ月にも及ぶ風待ち生活で見た、南蛮人と支那人の生活ぶりの違い。ゴアで出会った奴隷の虐げられた様子。さらには船から落ち、放置された下級船員。撃沈され波間に消えた海賊たち、等々・・・。

これらミゲルの疑問に、原マルチノが異を唱えます。

「だから、そのような異教徒たちを救おうとなされるのがゼウス様だ。そのために教皇様にお会いし、おすがりするために出かけてきたのだ」と優等生の答えを返します。

そんな時でした。「陸が見えたぞ！」「ポルトガルだ！」と歓喜の声が響き渡りました。甲板に駆け上がる人々。熱病に侵され自力では歩けない人も、船員の肩を借り、生きて上陸できる喜びにゼウスに感謝の意をつぶやきます。抱き合う人。十字を切る人。甲板には喜びがあふれていました。

水平線のかなたから徐々に陸地が浮かび上がってきました。

天正十二（一五八四）年八月十日の夕暮れでした。

リスボンに繋がるテージョ河の河口に錨を降ろしたのでした。目前の陸地にはカスカイ村の集落があり、村人たちが、小舟で新鮮な野菜や果物を届けてくれました。

この小さな村の集落をマンショには、自分が経験した、都於郡や佐土原、そして豊後の臼杵城の城下町より大きい都会に思えるのでした。

久し振りに食事らしい食事にありつき、暮れゆく大陸を眺めながら、船酔いに苦しめられたこと、嵐に飲み込まれそうになったこと、食料が腐敗し、飲み水も枯渇した飢えと渇きに苦しめられたこと、熱病に襲われ、多くの死者を弔ったこと等々、想像を絶する船旅。

日本で聞かされ、想像していたよりはるかに苦しい、命がけの航海であったこと。

美味しい食事、ワインまで味わい、あらためてゼウスの神に感謝し、明日からの「この世で一番美しく、幸せの国・この世の天国」と聞かされていた国々への訪問に、胸を膨らませる使節たちでした。

翌朝、錨を上げたサンチャゴ号は、ゆっくりテージョ河を遡り、リスボンへと向かいます。

岸辺からは使節を歓迎する祝砲が轟き、城塞、教会等々、豪壮な建物が建ち並ぶ大都会が展開します。昨日見て「大きな街」を思わせた河口の村・テージョ村とは雲泥の差です。胸をときめかせ、デッキから眺め続けました。

この日は昨日までとは違い、早朝から夕方まで、揺れることもなく快適な船旅を楽しみました。これまでとは違い広い河をゆったりと遡上したのでした。

八月十一日夕暮れリスボンに到着しました。港には数百隻以上の帆船がひしめき合っています。

これが神の国です。興奮を抑えることができませんでした。

上陸すると、待ちかねていたイエズス会の大男たちが、次々と使節団の一人一人を抱きしめ、抱擁の儀式が続き、少年たちを戸惑わせました。

これまで出会ったことのない大男たちに抱きすくめられ、恐怖さえ感じさせられたものでした。

一通り、抱擁の儀式が終わると、二頭立ての馬車に乗せられ、カタカタと石畳の上を、車輪の音を響かせ、宿泊場所である、サン・ロケ修道院へ案内されました。

ゴアで経験したより、豪華な馬車で、馬も華やかに飾りたてられ、沿道の人々の歓声に出迎えられ、まるで王侯貴族の気分でした。そうです。王公貴族として迎えられたのです。沿道で小旗を振る出迎えの人々の身なりも華やいだもので、これが神の国かと感動を禁じ得ませんでした。

唯一人、千々岩ミゲルは、使節たちの荷物を船から馬車へ積み替える色の黒い作業員たちと、それを監督する人の態度に違和感を持っていました。

馬車で到着した修道院の建物は、ヨーロッパ初日の彼らには王宮を思わせます。

案内された部屋、食堂での豪華な食器に食事、寝室にベッド、まるで王侯貴族です。

繰り返しになりますが、彼らは王侯貴族であり、日本の王（大名）の使節であり、「貴公子」だったのです。

すべて日本に滞在するイエズス会の宣教師、ことにヴァリニャーノの企みにより、使節たちは「貴公子」に仕立てられていたのです。(ヴァリニャーノに反対する宣教師もいました)

祐益自身も「トノグリ大王の孫・伊東マンショ」を名乗っております。

トノグリ大王とは伊東義祐のことであり、伊東義祐は従三位であり相伴衆でもあり、確かにかつては貴族・公家の仲間ではありましたが・・・。

この時には山陽地方を放浪する乞食坊主であり、かつて祐益自身も「貴公子」どころか浮浪者以下の生活を強いられていたのでした。

この時、祐益は祖父が豊後落ちの後、大友宗麟の元から四国へ逃亡したことまでは聞かされていましたが、ヴァリニャーノに言いくるめられていたのでした。

貴公子でなければ、教皇をはじめ各国の国王や要人に謁見することはできないのですから。

数日間、修道院で長旅の疲れを癒した後、リベイラ王宮でアルベルト・アウストリア枢機卿に謁見しました。

マンショたちは、ここでも親書を読み上げ、それを宣教師がポルトガル語に通訳します。

とても喜んだ枢機卿は、彼らのリスボン滞在中は国賓として最大級のもてなしをしてくれました。

枢機卿と云うのはローマ教皇の最高顧問です。

アルベルト・アウストリア枢機卿は、ポルトガル王家廃絶の後、ポルトガル国王を兼務するスペイン国王・フェリーペ二世の甥であり、ポルトガル国王を代行していました。

「教皇」とはカトリック界の最高指導者であり、イタリア、ポルトガル、スペイン等々、キリスト教諸国の最高指導者としてヴァチカンに君臨していました。（現在では政教分離が建前上の原則になっていますが・・）

したがって、教皇の最高顧問であるアルベルト・アウストリア枢機卿が、実質的にポルトガルを統治していたと言っても過言ではありませんでした。

尚、日本語の「教皇」の「皇」の字は皇室にのみ使われる字であり、皇室に対し、不遜であるとの理由から「法王」と呼ばれるようになりました。しかし本書では、当時の出来事であり、「教皇」に統一します。

使節のリスボン到着は直ちに、ポルトガルだけではなくスペインの王公貴族にも「遠くジパングからの貴公子訪問」が伝えられたのでした。

連絡を受けた権力者は、権威の発露として遠方からの「貴公子」招待、歓迎が待ち受け、彼らに振り回された使節一行は多忙を極めたのでした。

リスボン滞在中、枢機卿の準備した豪華な馬車に乗せられ、関係者の案内で、キリスト教国首都のあちこちを見学させられました。

華麗な街並、美術館、市民の憩いの場である公園、劇場、大きな競技場、科学の最新技術での造船所、武器庫等々感嘆、感動の連続でした。

武器庫見学では、大量のそして多種の銃とその銃弾、それぞれの説明を受けました。さらに、これまで間近に見たこともない巨大な大砲とその砲弾の数々。

過日、これらを実戦に使用しての、海賊船の撃沈が蘇ります。

その威力に、ただただ驚くばかりでした。

南蛮の戦力に感心する使節たちの中、唯一人千々岩ミゲルのみが、「神の国・慈愛の国」での強力な「殺しの道具」に違和感を禁じ得ませんでした。

しかし神が降臨される「教会」は日本の寺社とは比べようがありません。

荘厳で、厳粛なミサ。日本では感じたことのない神聖な神父様の説教。敬虔な信者たち。荘厳であり、心にしみる、美しいオルガンの音色。信者たちの、神への感謝と愛に満ち、優しく心にしみる歌声にゼウスの存在を実感し、祈りを捧げるミゲルでもありました。

この時代、ポルトガルでは身分、貧富の差が激しく浮浪者、物乞いも横行していました。

使節が馬車で通る沿道には貴族や修道士、修道女たち身分の高い人々が動員され、特に若い修道女から黄色い声援が飛びました。

馬車の車窓から「貴公子」の顔を見ることが出来た若い修道女の何人かが、感激のあまり卒倒するありさまでした。

身分が低く、貧しい人々は軍隊や警察によって沿道から排除されていました。

「キリスト世界では全てが素晴らしい」を使節たちに実感させるために・・・。

次の訪問地への出立が近づいたある日、枢機卿（国王代理）からリスボンの中心地にあるシントラ宮殿に招かれました。

マンショが生まれ、幼児期を過ごした都於郡城とは比べようもない豪華さです。

ここで枢機卿から日本の服装が見たいと所望され、絹の着物に袴姿で大小両刀を腰に、上級武士の姿で枢機卿を喜ばせました。

枢機卿はマンショの刀を手に取り、鞘を払い、刃の美しい波模様に感嘆したものでした。

使節たちはこれまで、インド副王に贈られたヨーロッパ貴公子の服装で過ごしていたのでした。

久しぶりの着物姿で、彼ら自身も落ち着いた気分になれたのでした。

枢機卿に謁見したのは王宮でした。この日招かれたのは宮殿でした。

蛇足になりますが、王宮は王が執務をする建物。宮殿は王の家族が居住する建物を云いました。

国境を越える馬車の旅

使節団は次の訪問地、隣国スペインの首都マドリードへ向かいテージョ川の対岸へ船で渡りました。もちろん一日でマドリードへ着けるとは思ってはいません。途中での何泊かは覚悟の上です。

対岸に待ち受けていたのは、スペインではなくポルトガルのエヴォラ大司教の豪華な馬車でした。

エヴォラはスペインへの途中の街ですが彼らの旅は、相手（ゼウスの神）任せであり、何も知りませんでした。

エヴォラまで百四十五キロ、リスボンの石畳が敷かれた道路とは違い、ガタガタと激しく揺れる馬車には、船の揺れとは違い未経験の厳しい苦しい旅になりました。

リスボンを出発したのは九月四日。途中三泊、四日間の苦痛に耐えエヴォラに着くことができました。

途中の宿泊所はそれなりに設備の整った教会でしたが、沿道にはこれまでのような歓迎の人波もなく、淋しい平原の一本道でした。ただ車窓の景色は緑の草原に、赤、黄等、色とりどりの花々も見えましたが、激しい馬車の揺れに苦しみ、景色を楽しむ余裕もありませんでした。

しかし、嵐の大海原や船が全く進まない凪の船上を経験した彼らです。生死の挟間をさまよった船旅に比べれば我儘は言えないと、歯を食いしばり馬車の停車を待つ使節たちでした。

しかし船に比べ狭く窮屈な座席から離れることもできません。この後どれだけ我慢すればトイレ休憩ができるのか、食事休憩できるのか何もわかりません。どこを走っているのかも分りません。不安で窮屈な旅が続きました。空腹より襲い来る尿意にも苦しめられる彼らでした。

長く、退屈でガタガタ揺れる馬車の旅は四日目に、大きな教会の前、大勢の立派な身なりの人々に出迎えられ終わりました。

パイプオルガンを演奏・マンショとミゲル　エヴォラ大聖堂

やっと目的地・スペインのマドリードかと思ったのもつかの間、ここは道程の四分の一、ポルトガル領のエヴォラの大聖堂（大司教座教会）と聞かされました。

使節たちは何も聞かされていませんでしたが、ここの大司教・ドン・テオトニオ・ブラガンサは使節たちをこの異郷の地へ送り込んだヴァリニャーノの大親友で当初から計画されていたのでした。

先を急ぎたい使節たちでしたが、九月十四日の「聖十字架顕彰」の祭日まで無理やり、そして大歓迎のもと留め置かれたのでした。

ここでマンショとミゲルは多くの信者（市民）の前でオルガンの演奏を強いられたのでした。

彼らは、マカオ滞在中、そして長い航海の間にも、波の静かな時を選んで鍵盤楽器の練習に励まされておりましたので、（怖いもの知らずの彼らは）堂々とミサ曲を演奏し、貴公子たちの評価を高める結果となり、彼らを留め置いた教会側の思惑は大成功に終わったのでした。

この時二人が演奏したパイプオルガンは、一つの鍵盤を押すと三つの和音が同時に響き、今日も現存し、なおミサ曲を奏で続けています。

出立の時、使節たちは記念品を贈ろうとした際、使節たちがこの先多くの王侯貴族に面会することを知っていた大司教は「その時のために」と、殆ど受取ろうとはせず、逆に旅費として多額の現金を与えたのでした。

この一件でもインドの副王と同様、日本側が派遣した使節ではなく、キリスト教国側の意図で招いた客であったことがうかがえます。

（二十一世紀、世界中を恐怖に陥れたエボラ出血熱とここの地名は無関係です）


九月十五日朝、エヴォラを出立し、その日の夕刻、スペイン国境近くの町・ヴィラヴィソーザで再び、この町の超有力者・カサブランカ家のブラガンサ王宮で派手な大歓迎のもと二晩も留め置かれたのでした。


ブラガンサ王宮を後に、再び窮屈で辛い馬車に揺られ国境を越え、スペインの古都・トレドに到着したのは九月二十九日でした。

一行の馬車を一目見ようと沿道には多くの人が詰めかけていました。

ここでも若い修道女が黄色い歓声を上げ、失神卒倒する者も現われる熱狂ぶりでした。

電信の無いこの時代、何故彼女たちは日本からの「貴公子」到着を知ったのでしょう。

「遠くジパング（日本）から王の名代として四人の貴公子が、ローマ教皇に恭順の意を捧げるため来訪」「大歓迎するよう」指令が行き渡っていたことを物語ります。

このトレドは一五六一年、マドリードへ遷都するまでスペインの首都として繁栄していた町で、使節到来時にも、かつての栄華の面影を充分に残していました。

この時、トレドの町には天然痘が大流行しており、使節のミゲルとマルチノの二人が感染してしまいましたが、二人の名医の治療で死をまぬがれました。

当時の天然痘治療法は、「悪い血を抜く」瀉血法だったと云いますが、血を抜くことでの効果は信じることはできません。医師に「悪い血」と「良い血」を見分けることができたのでしょうか。

ともかく二人は回復したのでした。神の御加護によるものだったのでしょうか・・・。

最新科学に驚嘆

古都トレドの豪華な教会、王宮等これまでに見たことのない、日本では考えられない大きな建造物の数々に驚嘆の念を禁じ得ませんでした。

さらに驚かされたのは、最新の科学技術でした。

川の水を汲み上げる装置、そして夜空に輝く星の位置を知る天球儀。この天球儀こそが、星の位置から船の位置を知り、航路を決める神からの贈り物だと感動するマンショでした。

これらの実物を前に、製作者から直接説明を受け、ぜひこの知識を日本へ持ち帰らねばと強く心に誓ったものでした。

首都・マドリード到着

この時、まだ完治していないミゲルを馬車に横たえ、十月二十日、首都・マドリードに到着しました。二日間の行程でした。

マドリードには「世界の帝王」と呼ばれたフェリーベ二世が君臨していました。

彼、スペイン国王は、ポルトガル国王をも兼ね、その権力は属領のアフリカ、アジア、アメリカの各大陸にも及んでいました。

ミゲルは、ここで国王の侍医による手厚い治療で回復したのでした。

現在では種痘による予防法以外、発病後の治療法は知られていません。（発病直後であれば種痘が有効との臨床例もあります）そして、この種痘の普及により地球上から天然痘が根絶されたと、一九八〇年WHOにより宣言されました。

使節たちはここで十一月十一日、国王の六歳になる長男・ドン・カルロスがスペイン皇太子としての宣誓式に列席させられたのでした。

この時厳粛、荘厳、華美な儀式は五時間にもわたり、国内外の王族など九十二名が参列し、国王の権威を見せつけられました。

この世界の帝王の権力を、東洋の小国・ジパングの貴公子に見せつけることも、「使節派遣」の目的の一つでした。

確かに南蛮伴天連の国は素晴らしい。日本とは比較にもならない。このような国々に逆らうことができようか。

「自分の病を治してくれたのは南蛮の医者である。南蛮の医療設備や医療技術は日本より数段進んでいる。このような医療設備や医者を日本にも」と痛切に思い、一方では自分たちは、ジパングの側が「派遣」したのではなく、南蛮伴天連の素晴らしさを見せつけるため南蛮の側に「連れ出された」のではないかと思い迷う千々岩ミゲルでした。

因みにこの皇太子・ドン・カルロスは二十二歳の時、精神を患い、半狂乱のうちにこの世を去りました。

神の御加護は何故なかったのか。そんなことを知る由もない使節たちでした。

世界の帝王への謁見　一五八四年十一月十四日

王宮前広場に多くの市民が待ち構える中、奇妙ないでたちの「使節」たちが馬車から降りました。

絹の着物に袴姿、腰には日本の大小を挟み、革の足袋に草履、そして頭の髷の上には帽子。この帽子はゴアの副王から正装用に与えられたものでした。

市民たちは、この奇妙な服装の来訪者に驚きの目を見張りました。

王宮謁見の間では黒の礼装姿の「世界の帝王」、皇太子や重臣たちが威儀を正して待ち受けていました。

「世界の帝王」フェリーペ二世は黒の礼装で使節たちも現れるものと思いこんでいました。ジパングの正装がよほど珍しかったのか、使節たちの着物や草履にさわり、刀まで鞘を抜いて美しい刃波に見入っていました。

それが一段落すると、いよいよ謁見の儀式です。

日本からの土産の品々を献上し、マンショとミゲルが日本語で挨拶をし、大友、有馬、大村、三大名の書状を随員の日本人・ロヨラが読み上げました。

当然読み上げられた文書の意味が分らない帝王は、内容より縦書きの文字、そして右から左へと読み上げられることに、興味を覚えました。彼らの文書・左から右へとは逆なのですから。

そして日本から随行した南蛮人伴天連が、これまた真逆の内容で通訳し、国王謁見の儀式は国王を満足させ終了したのでした。

この頃、南蛮伴天連の世界では、二頭政治であり宗教界のトップは教皇であり、政治経済界のトップがポルトガル国王を兼ねるスペイン国王でした。(フェリーペ二世はこの両国の国王だけではなく、伴天連諸国の「帝王」として君臨していました)

黄金の国ジパングの植民地化こそが「帝王」の狙いでした。

この謁見で「使節」としての表向き任務の半分が終わったことになります。

後の半分は当然、教皇への謁見です。

フェリーペ二世の宮殿は、王宮から西へ五十キロも離れたエスコリアルにありました。

帝王はジパングからの「使節」に見せつけるため、二カ月前に宮殿、教会、修道院など大きく豪華な建造物を完成させていました。宮殿内部には美術品がさん然と輝き、その豪華さに使節随員である日本人・ロヨラが「言葉に熟達した者でも口ごもらざるを得ない」と記録しています。

マンショたちはここで三日間、帝王のもてなしを受けました。

インドのゴア。ポルトガルのリスボン、エヴォラ。スペインのトレドと伴天連国の豪華、華美を見せつけられた使節たちでしたが、その頂点がこのエスコリアルでした。

「悪い物は見せるな。良い物だけを見せろ」その良い物の頂点を使節到着に合わせ完成させたのでした。

後日談になりますが、ここの修道院図書館に、使節団が土産として日本へ持ち帰った活版印刷機で印刷された『和漢朗詠集』など日本初の印刷物が収蔵されているとのことですが、残念ながら非公開の厳しい規則です。

海路イタリアへ

スペインの王宮・エスコリアルから港町・アリカンテまで馬車に揺られ、いよいよ教皇に謁見するため海路イタリアの港町・リヴォルノへ向かいました。

一五八五年二月七日、スペインの豪華船で出港し、三月一日イタリアのリヴォルノに到着しました。

リヴォルノは斜塔で有名なピサに近い港町です。

イタリアへ到着したからと云って、すぐに教皇に謁見出来たわけではありませんでした。

当時のイタリアは（徳川時代の藩のような）大小の国に分かれており、ローマへの沿道の国々は使節を歓迎するための準備を終え、待ち構えていたのでした。

その中でも特筆すべきは、トスカーナ大公国でした。「大公国」と云うのは貴族の国、優雅な国を自認する名称でした。

南蛮の技術に驚愕・斜めに建設された?斜塔

大公（この国の王）は使節たちが辞退するのも認めず宮殿に招き入れたばかりか、公国内のピサやフィレンツェなどの名所を案内し、豪華さや優美さを見せつけました。

ピサの斜塔ではその高さに驚くばかりではなく「なぜあのように傾けて建てられたのか」傾けて建てる建設技法にも驚き、神の国での建設技術の高さにも、自分たちの国とは比較にならないと感心するばかりでした。

地盤の沈下が原因だとは誰も教えてくれませんでした。

ピサの斜塔は「天正遣欧使節」について全く意識する以前、筆者も見学しましたが、マンショが見た当時より、傾きの角度がどのくらい違うのか興味が持たれます。

「もうこれ以上傾かないだろうと、イタリア人の楽観性から、頂上付近が垂直に付け足された」と聞きましたが、その垂直部分がやはりほぼ垂直に見られ、マンショが見た時と殆ど斜度は変っていないようでした。

そして公国内の各所に建てられた宮殿に泊め、毎晩のように歓迎の宴会を催し、使節たちも少々宴会に疲れを感じるようになったのでした。

ある晩こんなこともありました。大公の妃・ピアンカ妃殿下が主催する舞踏会に招かれたのでした。

使節たちも、その場に集う淑女たちの相手をさせられたのでした。

これまで見たことも考えたこともない、南蛮の社交ダンス。男女が抱き合って踊るのです。

戸惑うばかりの使節たちでしたが、「ダンスは貴族のたしなみ」であり使節たちは「貴公子」です。

航海中宣教師からステップの踏み方を教えられ、大男の宣教師を相手にダンスも教え込まれていました。

マンショも大公妃殿下の相手をさせられ、ステップは乱れたものの、居並ぶ華族夫人や令嬢たちの拍手を受けたのでした。マンショ自身もホッとし、「貴公子」に仕立てた宣教師たちも思惑通りに事が運び胸をなでおろしたものでした。

突然の暗雲・マンショは「偽貴公子」

トスカーナ大公国には十三日まで滞在させられました。

しかし、使節たちはこれまで考えたこともない動物園を経験し、クマやライオン、トラなどに、「こんな生き物がいたのか」と驚き感動も覚え、ルネッサンスの芸術、美術にも触れ興奮と満足感にも浸りました。

彼らには自国で経験のない大掛かりな娯楽施設です。

「これが神の国であったのか」と改めて神の偉大さに感動する彼らでした。

直接ローマへ直行するものと思っていた彼らです。トスカーナ大公の招待に、最初は戸惑いを覚えたものですが、大きな喜びと感謝の念を抱くようになりました。これも神の思し召しだと十字を切る彼らでした。

いよいよローマへ向かって出発です。トスカーナ大公国内では、使節に随行する行列が三千人にも及びました。日本の大名行列より大規模で華美な行列でした。

ローマへの道程にある各国は歓迎を競い合い、行列が長く増え続けるのでした。


そんな時、突然暗雲が立ち込めたのでした。

マンショには知らされませんでしたが「マンショは貴公子ではなく浮浪児」との書簡がローマのイエズス会本部に届いたのです。この噂がローマ市民の一部に広がったのでした。

マンショは貴公子でもあり、浮浪児でもあった　マンショの生い立ち

マンショは「貴公子」であったのか、それとも「浮浪児」であったのか、どちらとも云える立場でした。

「使節」派遣の時点では、「浮浪児」であったことにも、間違いありません。

彼の祖父が従三位であり、幕府の相伴衆であったことから、身分の高い人の孫であったことには間違いありません。その点では「貴公子」と言えなくもありません。

そしてマンショは、大友宗麟が派遣した使節では決してあり得ません。

大友宗麟は怒りのあまり、マンショ（伊東祐益）に斬首を言い渡していたのですから。

祐益（幼名・虎千代麿）の母・町ノ上は伊東三位入道・義祐の娘です。伊東三位入道・義祐は日向の国（現・宮崎県）のほぼ全域を手中に、四十八城をわがものに君臨していました。

祐益の母・町の上の兄、すなわち三位入道の嫡男・伊東義益の妻が大友宗麟の妹の娘・阿喜多《オキタ》夫人です。

義益と阿喜多夫人の息子が義賢《ヨシカタ》と祐勝。したがって祐益（マンショ）と義賢、祐勝兄弟は従兄の関係になります。

三位入道義祐は伊東家十一代当主の座を嫡男・義益に譲り、伊東家の主城・都於郡城をも譲り本人は佐土原城に移り隠居しました。

しかし、嫡男であり都於郡城主・伊東義益は若くしてこの世を去ってしまいました。

嫡男を失った三位入道は義益の嫡男・幼少の義賢に伊東家十二代と都於郡城主を継がせ、祐益（マンショ）の父・伊東祐青《スケハル》に養育係と城代を命じたのでした。

したがって、幼い城主・義賢、その弟・祐勝とマンショ家族は、都於郡城の「奥之城」で共に生活していたのでした。

隠居した三位入道は佐土原城にありながら、肩書は隠居のままで、四十八城のトップとして島津との戦いの司令塔を自認していたのでした。そして大敗を喫し、大友宗麟との血縁を頼りに、豊後へ落ちのびたのでした。

その血縁と云うのは、自分の亡き嫡男・義益が宗麟の姪・阿喜多夫人を娶っていたからでした。

臼杵城と到明寺に分散収容される

頼られた大友宗麟も、対応に苦慮しました。

宗麟との血縁の有無で二分し、血縁者を自分の居城・臼杵城、他のものを城から少々離れた到明寺《トウミョウジ》に収容しました。

血縁者は、妹の娘、すなわち宗麟の姪である阿喜多夫人（故義益の妻）と、その息子である都於郡城の幼君・伊東義賢と弟の祐勝の三人だけです。

到明寺にはその他大多数でしたが、主だった者は三位入道・義祐、その息子で飫肥城主であった伊東祐兵《スケタケ》、その妻・阿虎、そして三位入道の娘・町ノ上とその子・祐益（マンショ）等、宗麟と血縁はありませんでした。

宗麟を配下にと夢想した三位入道　耳川の合戦で大敗

豊後へ落ちのびた伊東義祐は、天正六（一五八七）年、大友宗麟に面会し「日向奪還に力を貸してほしい」と要請しました。

義祐は「豊後落ちに加わらなかった家臣や、島津の圧力でいったん反旗を翻した旧家臣たちも、自分が兵を挙げれば必ず馳せ参じる」

「自分は従三位である。命《メイ》に従わないはずはない」と、宗麟に訴え続け説き伏せたのでした。


義祐はこの機会を利用し、島津だけではなく九州全体を支配し、宗麟をも支配下におき、やがては日本全体に君臨し「佐土原を都に」との夢想が捨てきれないでいました。


この時キリスト教の洗礼を受けていた大友宗麟は、義祐の願いとは別に「この機会に九州全域をキリスト教国に」との思惑から義祐の申し出を受けたのでした。

大友・伊東連合軍が島津側に戦いを挑みましたが、義祐の思惑はただの思い上がりであり、ほとんど大友軍単独での島津軍との戦《イクサ》となり、両軍は、高城河原で対峙し、結局大友軍の大敗、総崩れの結果に終わりました。

義祐が期待していた旧伊東家の家臣が参戦していたら結果は変わっていたかもしれません。

戦場になった高城川から耳川までの七里（約二十八キロ）の間は死体で埋め尽くされて

いたと云います。世に「耳川の合戦」と呼ばれています。

戦いに敗れ臼杵城へ戻った宗麟は「怒り心頭」です。

血縁関係にある阿喜多夫人にも、その息子・義賢、祐勝にも辛く当たり、祖父の影響で熱心な仏教徒である、年若い二人の兄弟に有無を言わさず、洗礼を受けさせ、宣教師・ヴァリニャーノに託し、安土（現・滋賀県蒲生郡安土町）に建てられたセミナリヨ（神学校）に入学させました。ていよく臼杵城から追い出したのでした。

当然、血縁関係はなく、到明寺に在住する、義祐をはじめ伊東関係者は、茨《イバラ》の筵《ムシロ》に座らされた毎日でした。

そんな時、祐兵を殺し、祐兵夫人を奪い、宗麟の息子・義統の嫁にする陰謀が、義祐の耳に入ったのでした。

祐兵夫人の阿虎に宗麟の息子が横恋慕しているとのうわさが広まっていました。

危険を感じた義祐は祐兵、阿虎、家臣など総勢二十人を連れ、夜陰に紛れ船で豊後を脱出し、古い姻戚である河野氏をたより四国の伊予へ落ちのびたのでした。

耳川の合戦で敗れ「怒り心頭」の宗麟をまたもや怒らせました。

大友宗麟は到明寺に残った伊東一族の大将として、祐益を捕縛し、馘首を申し渡し、牢へ押し込んだのでした。

母親・町ノ上の必死の命乞い、そして宗麟の聴罪師として親しかった宣教師・ラモンの計らいで、キリシタンへの改宗を条件にラモンに預けられることになりました。

宗麟とラモン神父が話し合う間、マンショは牢から出され、城外の道端で、空腹を抱え待たされました。

馘首が言い渡され、白い麻の「死に装束」を着せられてからも時間が経過していました。この間、食料もまともに与えられていません。

白の「死に装束」も汚れが目立ち「浮浪児」そのものです。

汚れた死に装束で、路傍に座り込む祐益の姿は、道行く人々の好奇の目に晒されました。やせ衰え、麻のよごれた着物一枚では、誰の目にも「貴公子」には見えません。浮浪児そのものです。

一粒の「金平糖」が人生を変えた　祐益からマンショへ

長時間路傍で待たされた祐益は、城を退出した神父から与えられた、一粒の「金平糖」(砂糖菓子) の味は生涯忘れることはありませんでした。

この一粒の「金平糖」が「祐益の人生を変えた」と言っても過言ではありません。

首を刎ねられる直前助けられ、甘い金平糖の味こそが「神による御慈悲」と、祐益の生涯を決定づける出来事でした。

祐益は有馬（長崎県）へ連れて行かれ、ここで洗礼を受け、洗礼名「ドン・マンショ（日本語の当て字・鈍・満所）」を授けられたのでした。

マンショを救ったラモン神父も宣教師として、布教や神学校建設、教育等、ヴァリニャーノと共に活動していましたが、ヴァリニャーノがこの祐益を「貴公子」として「遣欧使節首席」に抜擢してしまったことが問題の発端でした。

決して大友宗麟が、マンショを名代として派遣したのではありません。

不本意にも誠首をあきらめた相手を、自分の名代に立てるわけはありません。

宗麟もラモン神父も知らないところで、この話は進められていたのですから。

「マンショ浮浪児」説の根拠である、マンショの生い立ちをローマのイエズス会本部へ送ったのはほかならぬこのラモン神父でした。

日本に滞在する宣教師の間で、路線の対立があったのでした。

後の研究者から、大友宗麟がローマ教皇へ宛てた親書も「筆蹟が違う」「偽もの」との指摘があります。

宗麟の名を騙った宣教師の謀略だったのでしょうか。

ローマ到着

各地で「貴公子」として大歓迎を受けた使節団です。

イエズス会側も、使節団の移動や各地での歓迎等に多額の費用を使った後での、ラモン神父からの書簡でした。

謁見の日も迫り、準備も万端ととのっています。

教皇側も、遠路東洋の果て、ジパングの王が「服従」の意を表すため使節を派遣したのですから国賓としての待遇を決め、準備は完了しておりました。

「帝王の間」での公式謁見です。

近隣各国王に参列するよう指令が出されておりました。

イエズス会としても、この時期での中止は不可能でした。


一五八五年三月二十二日夕刻、ローマの街に祝砲が上がり兵士によるトランペットが鳴り響きました。沿道では華やかに着飾った市民で足の踏み場もありません。小旗を振る者、拍手の嵐、大歓声が馬車を包みます。

イエズス会本部に到着し、正門をくぐると、二百人もの関係者に出迎えられました。

そして群衆の殺到が心配され、一般市民は外へ追い出され、門扉が閉じられたほどでした。

イエズス会としては、ラモン神父から「偽貴公子」とマンショの身分を暴いた手紙もあり、なるべく目立たないよう、夜間のローマ入りを画策したのでしたが、ローマ市民の熱烈な歓迎を阻止することはできませんでした。

ここに至っては国賓として扱わねばなりませんでした。

イエズス会の総長は使節団一行の、一人一人と固い抱擁を交わしました。

その間オルガンの演奏に合わせ聖歌隊の合唱が続いたのでした。

門の外からは大群衆の声援が、美しいメロディーに混ざります。

イエズス会（教皇の軍隊）本部のジェズ教会が使節団の宿舎になり、彼らはここに七十日間も滞在することになりました。

宣教師たちから聞かされてはいたものの、実感としてどこへ行くのか、どこへ連れて行かれるのか、行き先の分からない不安に満ちた旅でした。

「これでやっと長く苦しい旅の終着点に達したのだ」との感慨が、使節団そして随員一人一人の胸に込み上げ、感涙にむせび祭壇に跪いたものでした。

天正遣欧使節の実像

ジェズ教会は初期バロックを代表する建造物で、その後、各教会建設のモデルになったと云われる建物です。

この教会で特に注目されるのが、マンショたちが訪れたより後年の作品ですが、聖人に踏みつけられた悪魔像が飾られていることです。

この悪魔像に神（これはゼウス以外の神）、仏、阿弥陀仏、釈迦と書かれているのです。

イエズス会とは教皇の兵士と云われますが、ゼウス以外の神や仏と戦う兵士なのでしょうか。

地球上すべての異教徒と戦い、キリスト教国を作ることを目的としていました。

植民地化を目指す軍隊とは言い過ぎでしょうか。

ジェズ教会に飾られたこの像、そして大友宗麟とマンショの関係を見ても「天正遣欧使節」の実像が見えてきます。

教皇との謁見　ヴァチカンへの行列

ローマへ到着した翌日早朝、スペイン大使の豪華な馬車が迎えにやってきました。

古くからの、教皇謁見儀式の慣例に従い、ローマ北部にあるジュリオ三世の別邸で、準

備を整えました。

　使節は馬に乗り換え、ポポロ広場から、色とりどりの衣装に身を包んだ人々の隊列が、ヴァチカンへと練り歩きます。

　先頭は百人を超える武装した軽騎兵隊、数十人のスイス守備隊兵士、枢機卿の家臣団、各国大使、教皇庁役人に先導され、(最高級品の)日本の着物姿、両刀を腰にした馬上の伊東マンショ、続いて千々岩ミゲル、原マルチノの三名が、両脇を大司教に守られて現われました。そのあとを騎兵や貴族たちが続き二キロにも及ぶ大行列でした。

この行列も使節の他はほとんど軍隊によって構成されていたのでした。

この行列を描写した絵が現存し、日向学院（宮崎市大和町）に所蔵されています。

この時、中浦ジュリアンの姿はありません。彼は発熱のため、馬車でヴァチカンへ先乗りしていたのでした。

沿道を埋め尽くした歓迎の人々からは、歓声とともに、ヒソヒソ話も漏れましたが、使節たちの耳には届きませんでした。内容は日本の侍姿の服装であり、好感は持たれませんでした。

侍姿の服装で、頭には、羽毛のついたスペイン貴族の帽子を冠っていたため、日本人が見ても奇妙ないでたちです。好感が持てなかったのかも知れません。更に、彼らが最も軽蔑する、黒人に近い肌色の三人だったからでした。


尚、日向学院に所蔵されている行列画のマンショの頭に帽子はありません。

謁見の儀式

儀式の始まりは、マンショが教皇の足に接吻する吻足、そして手への接吻でした。その後二人の使節も同様の挨拶を行います。

教皇の権威は遠く日本の及ぶところではないことを見せつけています。マンショはこの世のゼウスである教皇の御足に、接吻出来たことに感激の極みだったのですが、ミゲルは足への接吻に少々違和感を持ったものでした。

一通り抱擁などヨーロッパ式挨拶が終わった後、三大名の親書が奉奠され、マンショが日本語で挨拶しました。

その全文が残されていますが、挨拶は言葉であり、瞬時消え去り残っていないことは当然です。日本語の挨拶を、教皇にも理解できる言語に通訳された文が残っているのにすぎません。現地図書館に残されているラテン語（の古文書）を、日本の研究者によって日本語に訳されたものしか私たちには知ることができません。

マンショの真意であったのか、またはその真逆であったのかは調べる術はありません。

一応、その挨拶の日本語訳をここに掲載します。

「私たちは日本の大名の使節としてローマ教皇に拝し、誠実、信義、従順の情を表すためにやってきました」

はっきりと「従順」と記録されています。ヴァリニャーノの思惑でした。

異教徒国家への侵略意図が垣間見えます。

もちろん、宗教的に純粋な宣教師の存在も否定できません。

この両者の思惑の間を揺れ動くのが千々岩ミゲルでした。

大友宗麟、有馬晴信、大村純忠の三大名からの親書をそれぞれの使節が朗読し、伴天連の言葉に通訳されました。お互いに、お互いの言葉がわからないまま、教皇は満足し、謁見の儀式は終了しました。

この時、異例の事態が生じたのです。

教皇が帝王の間を退出し、自室へ戻る際、衣の裾を、マンショとミゲルに捧げ持たせたのでした。

感動のあまりマンショは涙にむせび、ほとんど何も見えないまま、教皇に歩調を合わせ、後に従ったのでした。頭の中は空白で、ただただ歩調を合わせるのみでした。

この役は、本来ドイツ皇帝の大使にだけ、特に許された栄誉だったのです。

特別の栄誉をジパングから派遣された二人の少年に与えたのは、教皇自身の思い遣りだったのでしょうか・・・。

尚、この教皇謁見の儀式には中浦ジュリアンは参列していません。彼は高熱を発し、ヴァチカン訪問の行列とは別に、イエズス会が準備した馬車で先乗りし、教皇に面会していました。

教皇は「体調の回復を最優先させるべきだ」と優しく諭し、宿舎へ送り返したのでした。

ジュリアンは、教皇の優しさに触れ、教皇の言葉こそが神の御心だと「直接神にお言葉を頂いた」と深く感動し、帰国後日本での布教を堅く心に決めたのでした。

この時の感動が、帰国後、激しいキリシタン迫害の嵐が吹きすさぶ中、改宗を拒み、最も残酷な「穴吊りの刑」甘受へと導いたのでした。

教皇謁見の翌々日、三月二十五日、教皇恒例の行幸に参加を許されました。

この御幸の際も、マンショとミゲルに衣の裾を捧げ持つ「栄誉」を与えました。

行幸出発に先立ち、使節たちは教皇から密かに大金を持たされました。

御幸の最中、貧しい少女たちに高貴な人が金品を授けるならわしであったため、使節たちに恥をかかせないための教皇の配慮によるものでした。

この行幸でも使節たちの、日本の着物にスペインの帽子姿に評判は芳しくありませんでした。

気にした教皇は、使節たちに各自三着ずつのイタリア式の服装を贈っています。

室内着と外出用で、ビロードや絹製で、貴族用の高価な贈り物でした。

イエズス会を通さず、直接教皇からの贈り物に感動し、感謝の念を募らせる使節たちでした。

使節たちは慈父のような眼差しで接してくれる教皇に対し、宣教師をまねて「パッパ、パッパ」と呼び親しみが増してゆくのでした。

毎日のように、教皇からプレゼントされた服装で、馬車に揺られローマ市内を見学しました。

教会、宮殿の外観に圧倒され、更に内部に飾られた美術品の数々に驚き、市民の憩いの場である劇場、公園、噴水等々、圧倒されるばかりです。

これが神の国、天国そのものです。感動と感謝の毎日を送る使節たちでした。

毎晩ではありませんが、夜には大浴場へ案内され、一日の疲れを癒す至福の時間を過ごしました。

浴場では身分差もなく市民との裸の付き合いが出来ました。

日本では経験出来ない「神の恵み」と感謝の念に浸る彼らでした。

しかし、肌の色が黒い奴隷たちは入浴が許されず、違和感をつのらせるミゲルでした。

教皇の逝去

一五八五年四月十日、いつものように聖堂めぐりをしていた使節たちに訃報が伝えられました。

慈父のように慕っていた教皇・グレゴリオ十三世の急死でした。

謁見の儀式を済ませてから十八日目です。驚きました。そして悲しみが胸を込み上げてきました。

イエズス会本部へ急ぎ帰った彼らは、この訃報をジュリアンにはしばらく伏せることにしました。ジュリアンの病状はまだ予断を許さず、ジュリアンの前では悲しみを見せないよう気を使ったものでした。

慈愛に満ちたパッパの死。

雪の尾根道から血飛沫をまき散らし谷底へ姿を消した父親。

その晩マンショは眠れませんでした。

父親の思い出

幼児期の厳しい父親がよみがえってきました。

大きな荷物を背負わせた馬を引く従者を後に従えた父親の前を、何度もつまずきながら城の坂を走り下らされたこと。つまずき転ぶと、坂道を警護している武士が駆け寄り、助け起こそうとすると父親は「手を出すな」と怒鳴りつけます。

父親に追いつかれると「早く行け」とせかされ坂道を下り降り、平坦な道へ出ると、今度は父親の横に並び、長い道のりを歩かされたものでした。

どこへ行くのか聞かされていません。一時《イットキ》（二時間）以上歩いたと思いますが定かではありません。足も痛くこれ以上歩けないと思った時、今度は山道の上り坂にさしかかりました。

父親は何も言わず、馬も従者たちも先へ進んで行ってしまいます。

虎千代麿（マンショ）の守役である田中國廣だけがその場に残り「若、お手を」と手を引いて山道を登り始めました。手を引かれているとは云え、疲れから足が前へ出ません。

そんな虎千代麿を國廣は肩に担ぎ上げ、父親一行の後を追ったのでした。

行き先は大きなお寺であり、父親はこのお寺に丸い大きな絵を納めたのでした。

仏様の前で父親の隣に座らされ、小さな手を合わせた光景を思い出していました。

あとから知らされたことですが、このお寺の名は薬師寺であり、ここの天井を飾る絵を納めたのでした。

そしてこの天井絵の裏側に、虎千代麿の武運長久と一家の安泰を祈願する文が認められていたのでした。

厳しく、恐ろしい父だと思っていたのですが、いずれ大将になり、城主にもなるべく家系に生まれた虎千代麿の行く末を考えた厳しさであり、父の愛情であったと気付いたのでした。

物静かで慈愛に満ちた眼差しのパッパ。厳しい愛情で鍛えてくれた父親。この二人を亡くし、思い出にふけり、長い夜を過ごしました。

ローマでの行事、見学もほとんど終わり、帰途への準備に取り掛かった時、突然の悲報でした。
イエズス会から、新教皇の戴冠式まで留まるよう申し渡されたのでした。

新教皇の選出　コンクラーベ

新聞報道などでご存じのこととは思いますが、新教皇（日本では法王）の選出について簡単に述べておきます。

世界中の八十歳以下の枢機卿がシスティナ礼拝堂に集まります。

午前と午後の二回投票し、三分の二以上の得票で新教皇が誕生します。この投票をコンクラーベと呼びます。

この三分の二以上の得票者が出るまで、枢機卿たちは礼拝堂の隣の部屋で生活し、外部との接触は一切できません。食事や、生活用品も小窓から差し入れられるのだそうです。

全くの缶詰いや部屋詰状態です。

午前、午後の投票結果は、煙突の煙の色で外部へ知らされます。白が決定、黒が未定です。

この煙の色をローマ市民は最大関心事として見守ります。少しでも見やすいところへと、ヴァチカンのサン・ピエトロ広場は群衆たちで騒然とします。

グレゴリオ三世の葬儀が数日間にわたり、四月二十日からコンクラーベが始まり、四月二十六日煙突から白い煙が出て、シスト五世が新教皇に選出されたことが知らされました。使節たちはさっそく新教皇に謁見する栄に浴することになりました。すべてイエズス会側の手配であったことは言うまでもありません。

この時、新教皇は、グレゴリオ三世と同じように暖かく優しく対応してくれたのでした。教皇がだれであれ、「神は神」との実感を強くした使節たちでした。

世界の歴史に残る少年達　新教皇の戴冠式

五月一日、サン・ピエトロ大聖堂で、シスト五世の教皇としての戴冠式が行われました。この戴冠式で、使節たちは、セレモニーの中心的役割が与えられたのでした。

教皇座の天蓋を保持する大役、そしてマンショは新教皇の手に「聖水」を注ぐ、キリスト教徒として最高の役割を与えられたのでした。

この時、一五八五年五月一日、日本からの少年使節たちは、世界の歴史に残る大役を果たしたのでした。

「天正遣欧使節」の真意はどうあれ、この日の出来事は、日本人が世界の歴史に関与した大きな出来事でした。

そして、四日後の五月五日、新教皇のラテラノ教会への行幸の行列にも、病気の癒えたジュリアンも含め四人全員で参加することができました。

この行列の模様は、ヴァチカン宮殿のシスト五世の間の壁画に描かれています。壁画には使節「四人」が描かれていますのでジュリアンも回復し参加していたのでしょう。他に証拠はありませんが・・・。

ローマに現存する記録によると「ローマの名門の貴婦人達は彼らの衣服を洗濯し、ジュリアンが病床にある間はその食事を整えた」とあります。

四人が、日本の名門貴族、貴公子としての待遇を与えられたことがわかります。

「宗教を守るに武器をとり、信仰のためなら命も捨つべし」
教皇からの叙勲に対するマンショの謝辞？

いつもより早く起こされ、朝食をとらされた少年たちは、正装し二頭だての馬車に乗せられ、ヴァチカンへ向かいました。五月二十九日のことでした。

馬車を騎兵隊が先導し、後ろにも続きます。

ヴァチカンの正門をくぐるとファンファーレが鳴り響き、大きな拍手に迎えられました。

枢機卿に先導され、礼拝堂へ踏み入れると、厳粛な雰囲気の中、オルガンがバッハのミサ曲を重々しく静かに奏でています。

少年たちには知らされてはいませんでしたが、新教皇による少年たちへの叙勲のセレモニーが始まろうとしていたのでした。

近隣の国王、各国大使、聖職者、身分の高い貴族など、正装し威厳を漂わせた多くの人々が見守っています。

教皇から、マンショをはじめ四人の少年たちに、サン・ピエトロの勲位「金の伯車の騎士」が授けられたのでした。

教皇様自身の手で、少年一人一人の首にこの勲章が掛けられ、そのつど少年の額に祝福の接吻が与えられたのでした。

この時、オルガンの音色も厳かに、そして大きく鳴り響きセレモニーの頂点を演出します。

鳴り響くオルガンとは別に、来賓からの拍手一つなく、咳ばらいをする者もなく、威厳を保ち、厳粛に見守っています。

これまでに経験のない、予測もしていない名誉の中心に立たされた少年たちの頭の中は、何も考えられない空白状態でしたが、それでも「これが神の祝福だ」と胸は昂揚感で張り裂けんばかり、涙があふれました。

叙勲に続いて、四人を代表してマンショが受賞の挨拶をすることになりました。三位入道の孫とは云え、都於郡の山に育ち、教育と言えば島原の神学校、そして長崎を出港してからの道中、宣教師から無理強いされたものばかりです。身なりは「貴公子」でも能力や精神は居並ぶ貴族諸侯とは比較にもなりません。そしてこれら身分の高い人々の中心で、世界で最も尊い教皇様から勲章を受けた直後です。

頭の中は空白状態です。

傍に控える宣教師にせかされ、ともかく、日本語で感謝の意を述べたのでした。そんなマンショが居並ぶ諸侯を感動させる「名挨拶」が残されています。

「聖教を守るに武器を取り、信仰のためなら命も捨つべし」

この挨拶に満足した来賓諸侯から一斉に拍手の嵐が起こり、負けじとオルガンの音色も大きく鳴り響きました。

本当に、これがマンショの口から出た言葉だったのでしょうか。筆者には文語文としか解せません。教皇をはじめ周りの来賓者に日本語がわかる人は誰もいません。マンショの意図・言葉とは関係なく、南蛮の言葉で通訳されました。言葉は、マンショの口から出ると直ちに消え去ります。マンショの挨拶を忠実に通訳された証拠はどこにもありません。南蛮の言葉に翻訳されたた文書が、マンショの挨拶として図書館に残され、それをさらに日本語に翻訳した文語体の文が「聖教を守るに・・・」だったのです。

この叙勲式に続いて、ローマ市が四人を市庁舎に招き「ローマ市民権証書」と銀のコップを副賞として与える盛大な儀式を行いました。

ここでも、マンショは**「ローマは過去において最初は武力、次は聖教によって今や日本の国をも加え、ついに世界の極を支配するに至った」**と周りの者を感動させる名答辞を述べています。

これら挨拶文を素直に読めば「日本へ武器を持って帰り、日本の神道、仏教を撲滅する」と取れます。もし、そうであればヴァチカン側の目的は「遣欧使節」を招いて純粋無垢な若者たちの「洗脳」であったとしか考えられません。

この少年たちを利用し、インドのゴアや中国大陸のマカオの如く、日本の植民地化であったとは思いすぎでしょうか。

教皇自身が、この企みを認識していたかは疑問です。

宗教とは本来「心の救い、幸せ」を神仏に願う、人間個々の「心の問題」だと筆者は確信します。

武器を持って血で血を洗い、相手を殲滅するまで戦い続ける、宗教対立をあおり利用する、戦争が跡を絶ちません。

現在も、宗教対立を理由に、多くの血が流され続け、人々の生活や、社会や経済を破壊しています。

これが神の思し召しなのでしょうか。

我が日本の憲法では「信教の自由」をうたっている現在、絶対に容認できる挨拶文ではありません。

マンショの真意であったとは考えられませんが・・・。


約七十日間滞在し、ローマを後にしようとする使節たちに、連日のように、各国大使が訪れ「自分の国へも立ち寄るように」と懇願しました。

帰途の途中にある国々はもとより、遠くフランス、ドイツの大使にも要請されたのでした。

ローマの次にナポリ訪問が予定されていましたが、急遽「ナポリは暑くて、少年たちの健康が心配だから」との理由で、反対側の北イタリアへ路順が変更されました。

この路順変更の真意は、この時ナポリで暴動が起きており、使節たちにこの模様を隠す必要があったからでした。

ヴァリニャーノが言う「絶対見せていけないもの」だったのでした。

長い長い帰途の旅

六月三日、帰途への長い旅が始まりました。

マンショらを乗せた馬車は、古代ローマの時代からの石畳の上を、カタカタと車輪の音を立て、ローマの街を後にしたのでした。

ただの馬車旅行ではありません。教皇の騎兵隊を後ろに従えた大パレードだったのです。

ローマで、教皇からの叙勲、ローマ市民権も授与されたとのニュースは広く市民にも広まり、凱旋将軍のパレードそのもののように、沿道市民の大歓声を受けました。

途上の有力者から「市民に使節の姿を見せてほしい」との要請から、衣服を改め、馬車から馬に跨っての行進も何度か繰り返し、大歓声を受けるものの、体力的にも気分的にも疲れる旅でした。

当時のイタリアの人々は王侯貴族とは云え、「黄金の国ジパング」は聞いたことがあっても、日本を知る人は皆無と言っても言い過ぎではない状況でした。

沿道各地の古文書には「インドの貴公子」「インドの王子」等の記載がみられ、使節達の肌の色からインド人と誤解されたものでした。

インドはすでにポルトガル、スペインの属領であり、その首都がゴアだったのですから、当時の地理的認識のあいまいさを物語っています。

イタリアを北上し、教皇領最後の地、ボローニャから、フララ公国を経由し、水の都・ヴェネチュアへ向かいました。

ボローニャを離れる時、有名な詩人・ビターレ・パパッツォーニの抒情詩に送られました。

イタリア語を解せない使節たちでしたが・・・。


「天の恵みを受けたる王室の青年よ、幸せにその国に帰り、堕落したる偽の神を離れ、真の神とともに在れ・・・」

と後日、日本語に訳されています。日本の神仏を偽物と言うのでしょうか・・・。

ローマ教皇謁見が「使節」としての最大の目的だと聞かされていました。教皇領を離れたのですから、やっと懐かしい故郷への帰途が待つだけのはずです。

しかし、そうは問屋が下ろさなかったのです。

使節の足跡今なお　ヴェネチュアには石碑　ヴィツエンツァでは壁画

フェララ公国、ヴェネチュア、マンバ公国、ヴィツエンツァ（現在すべてイタリア）の各国への公式訪問が、使節の知らないところで準備されていたのでした。

それぞれの国でもローマに劣らぬ大歓迎責めに合い、多忙な毎日を過ごさざるを得ませんでした。

特にフェララ公国からヴェネチュアまでは、派手な服装の軍楽隊の演奏と武装した兵士を乗せた船に守られ、食料を積んだ舟、調理用の舟を従え、豪華船でポー川を下り、華やかな水上パレードが岸辺の人々から大歓声を受けたのでした。

少年たちは「疲れた」とは言っておられません。デッキから手を振り続けなければなりませんでした。

大歓迎の中、十日間も滞在させられ、最新の科学技術や宮殿、寺院等を案内されたのでした。

さらに、サン・マルコ祭礼の日程まで使節のために変更され、参加することになりました。

ヴェネチュア側の本音は、黄金の島・ジパングの少年たちにこの国の素晴らしさを見せつけ、当時ポルトガルが独占していた東洋貿易に割り込みむこと、そして日本の黄金や銀に目を付けていたことに他なりませんでした。

ヴェネチュアでは観光地として有名なサン・マルコ広場西方の教会に、今なお「四使節来訪」の記念碑が残されています。

ヴェネチュアを出発する際、大統領に感謝状を贈り、この実物が現在もヴァチカン図書館に保管されています。

次に訪れたヴィツエンツァでは、使節たちを大歓迎する様子が、オリンピア劇場の壁画として描かれています。

これら国々への訪問は、使節団を派遣したとされる側（三大名）の思惑とは関係なく、イエズス会として東洋の外れ、まだほとんど知られていない「夢の国・黄金のジパング」を印象付ける狙いの他に、訪問した各王国、大統領からイエズス会への、資金集めが目的であったと記録されているとのことです。

イエズス会としての資金集めも「遺欧使節派遣」の目的の一つだったようです。

兵士の命を救うマンショ　ミラノ（当時スペイン領）でのハプニング

馬車に乗せられ、どこへ連れて行かれるのか見当もつかない旅が、この日も始まりました。

馬車に乗せられると、西も東もわかりません。地理に不案内な彼らです。不安ではありましたが、これまでに何度も、何度も華やかな大歓迎を受けておりましたので、自分たちに危害が加えられることはないだろうと、心配はありませんでした。

それにしては疲れました。里心は日増しに募ります。

何所へ行っても相手は歓迎してくれるのですが、食事は全く口に合いません。脂っこい、そして血の滴るような肉料理は、いくら「神の思し召し」で「アーメン」と唱えても喉を通りません。

仕方なく果物や水で飢えをしのいでいると、「上品だ」とか「慎み深い」と、意に反して称賛の的にされてしまいます。

馬車は大きな城の門前に止まりました。七月二十五日午後のことでした。

リスボンのスフォルツェスコ城です。

この当時、リスボンはスペイン領として、ドン・カルロ・ダラコーナが総督として統治

していました。

ファンファーレが鳴り響く中、黒の礼服に正装した総督以下、重臣たちに腕を抱えられ城門を潜ると、祝砲が発せられ、リスボンの市街を轟音が轟きました。

この時、正装した国会議員等五百人以上の出迎えで使節たちの頭は空白で、導かれるまま歩を進める以外ありませんでした。

宮殿での華やかな歓迎セレモニーに次ぐ、食事会の席で初めて、祝砲は五百の小銃であり、一発だけ、数秒早く発射されたことを知らされました。

使節到来前、何度も練習を重ねていたのに、指揮官の号令直前、一人の兵士が引き金を引いてしまったのでした。

総督は、食事会の挨拶の終わりに「この兵士は即刻捕え、投獄した」と言います。

「遠方からの使節に対しこの非礼は、銃殺によってお詫びする。どうかそれでお許しを」と締めくくりました。

使節たちに驚きのざわめきが起こりました。

ファンファーレに次ぐ、五百人もの正装した男たちにもみくちゃにされ、一斉射撃の祝砲直前の一発を聞き分けた者は一人もいませんでした。

「そんなことで罪になるのか」

「自分たちのために祝砲を撃った男がなぜ殺されねばならないのか」

「神様のご意思に沿うものなのか」

等々、囁き合いました。

そんな時ミゲルがマンショに囁きかけました「使節団の首席としてこの場を収めろ。彼の命を助けろ」と。

全員注目の中、返礼に立ちあがったマンショは、大歓迎への感謝と「貴国と日本の友好を心から願う」と述べた後、「大歓迎の中、一発の発砲音には全く気付かなかった」こと「歓迎の祝砲であり、非礼であったとは思わない」こと「神も兵士の発砲を罰することは望んでおられない」「自分も動乱の豊後の国で、首を刎ねられるところを、神の御使いであるラモン神父に助けられ、今があること」等、助命を嘆願しました。

結局マンショの取り成しで、この兵士の罪が許されると云う、予想もしないハプニングがありました。

マンショの苗字は「伊東」か「伊藤」か

リスボン滞在中、マンショが以前に訪れた、マントヴァ公に送った礼状が、後の世（二十世紀以降）に大問題になるとは予想もしていませんでした。

この頃、使節たちはほとんど日本語の文字を知りませんでした。戦国時代の少年たちで多少「お習字」の経験があっても言葉を文字にする能力は備えていませんでした。

もちろん自分の名前は幼いころより練習していました。

使節に同伴したロヨラ（日本人修道士・日本名不祥）が使節たちの日本文字教師であり、使節に代わって代筆が重要な任務でした。

マントヴァ公への礼状もロヨラが書いたものであり、署名のみは各自筆によるものでした。

この時マンショは「伊藤鈍満所」と署名したのでした。

イトウのトウが「藤」になっていたのです。

イトウ　ドン・マンショと読めます。鈍も満所も日本語の当て字です。

この文書は現在もマントヴァ図書館に残されています。

教皇領最後に訪れたボローニャ元老院日記には「ドン・マンショ伊東」と書かれており、マンショの苗字が「伊東」か「伊藤」かの議論や、その歴史的遺物の真贋論争にまで発展してしまいました。

「伊東」とも「伊藤」とも名乗っていた一族

論争や議論の要は全くありません。両方名乗っていたのですから。

歴史書を紐解けば、伊東一族は、平安時代、朝廷から「藤原」の姓《カバネ》を一代限りの条件で与えられた藤原不比等の子孫と記されています。

この「名誉ある藤原」を後生大事に守り続けたのが伊東一族です。

藤原以外にも、当時朝廷から与えられた職責「木工介《モッコウノスケ》」から木**工**の**藤**原で工藤と名乗った時代もありました。それ以外、その当時自分の館の場所・狩野や伊東をも合わせて名乗りました。

伊豆の伊東に館を構え移り住んだ、狩野家継《カノイエツグ》が、「伊東（地名）の藤原（先祖の姓）」から「伊藤」と名乗っていましたが、後に氏《ウジ》を「伊東」そして名前の通字を「祐」と定め、伊東祐隆と改名しました。

狩野家継と伊東祐隆は同一人物です。

この伊東祐隆が伊東本家の初代とされています。

（「狩野」も館のあった静岡県の地名です。余談ですか、日本画で名高い狩野派はこの一族から出ています）

さらに「誇り高い藤原」にも執着し、伊藤をも名乗り続けていました。

その後代々の墓石には、故人名・伊東××の前に、名誉ある祖先の姓《カバネ》、と朝廷から与えられた役職「藤原・朝臣××」等が殆ど彫り込まれています。

マンショの父親、祐青が薬師寺天井絵の裏に残した署名にも

伊東修理亮《シュリノスケ》

藤原朝臣祐青

と書き残しています。

最初と最後の四文字以外は、自分の誇りを書き残したものと思われます。修理亮とは平安時代に設けられた役職で、天皇の在所である内裏を造営修理する役職であり、先祖・工藤為憲《タメノリ》がこの役職・木工介《モッコウノスケ》を任じられていたことのへ誇りから名乗ったものです。

次の藤原朝臣は藤原と朝臣を分ける必要があります。

藤原は祖先の藤原不比等が一代に限り、との条件付きで天皇より与えられた姓《カバネ》であり、朝臣はこれも先祖が中世に朝廷より与えられた皇族以外では最上位の称号です。

祐青が自ら名乗ったものか、日向を牛耳っていた義祐に名乗らされたのかは不明ですが、自らの誇りを表す（こけおどしとは言いすぎでしょうか）名前です。

マンショの祖父・伊東義祐も、日向を追われ浪々の身であったとき、秀吉との面会を勧められましたが「なんぞ藤原三位たる者が、羽柴ごときに、・・・」と断っています。「身分の低い者に頭を下げられるか」との自負からでした。

祖父が面会を断った秀吉に可愛がられ、飫肥城主に復帰したマンショの叔父・伊東祐兵《スケタケ》は秀吉から「イフジ」「イフジ」と呼ばれて可愛がられていました。

また余談になりますが、祐兵はその後、秀吉から豊臣を名乗るよう命じられています。関ヶ原の敗戦以降、伊東家の豊臣は消滅しました。

さらに筆者の家に残る代々の日誌にも、伊東、伊藤の両方が使われ、初見時「何故自分の苗字を間違えるのか」と疑問を感じたものでした。

マンショも父親から伊東、伊藤の両方を教え込まれていたものと考えます。

数々の贈り物

ミラノから陸路ジェノヴァへ、ここで迎えのスペイン艦船に乗せられ地中海を横切りスペインのバルセロナ到着、順調な航海でしたが、当時の帆船のこと、この（今では）短い距離ですが一週間も費やし、八月九日出港し、到着したのが十六日でした。

ここでまたもやジュリアンの容体が悪化し二十日間ほど休養し、再びポルトガルのリスボンへ向かい退屈で窮屈な馬車の旅が始まりました。
往路と同様、通過する町々では大歓迎を受け、様々な贈り物を受け取りました。中でも特筆すべきは、帰国後太閤・秀吉に演奏を披露したクラビチェンバロ（ピアノの前身）も含まれていることでした。

教会で演奏したパイプオルガンは、パイプから流れ出る空気の振動で音楽を奏で、チェンバロ（ピアノ）は鍵盤に叩かれた鉄線の振動で奏でます。

極端に言えばオルガンは管楽器の仲間であり、チェンバロやピアノは弦楽器ですが、共に鍵盤楽器であり、細かい技巧を除けば、オルガンの訓練を受けたマンショにもミゲルにも演奏は可能でした。

活版印刷機も土産品に含まれています。

馬車が通過する各地の支配者たちは、自分の権威を見せつけるように、派手な送別の行事へ参加が強要され、うんざりすることも、しばしばでした。

初めてヨーロッパへ足跡を記してから、一年四か月も息の抜けない毎日に晒される使節たちでした。

さらに、帰途乗船する港町・リスボンに到着しても、またもや四か月余り観光や宴席に連れ出される毎日を強いられたのでした。

リスボンで、活版印刷技術の習得　同行日本人修道士

使節たちが歓迎攻めに会っている間、日本人修道士・ロヨラとドラード、アウグスチーノの三人は、使節が土産に与えられた印刷機で、日本では夢想さえできなかった活版印刷の普及を夢み、懸命に印刷技術習得に励んでいました。

帰国後、この印刷機で『平家物語』も出版されていますが、歴史のいたずらで、この事実が世に知られておらず残念です。

さらに、日本から同行した三人の修道士は慣れない異国での毎日、使節と共に厳しい旅の連続、そして三人の使命は使節の世話役です。使節より厳しい生活を余儀なくされていました。

身心ともに酷使していたロヨラは祖国の土を踏むことなく、神に召されることになるのでした。

厳しく暗雲たなびく岐路の旅

岐路の船旅は、往路にまして、いやそれ以上に厳しいものでした。

一五八六年四月十三日スペイン艦隊二十八隻の中の一隻、豪華なサン・フェリーベ号でヨーロッパ大陸を後にしました。

最初は順調な船足で難所と言われる喜望峰も通過しインド洋に出ると、暴風雨に見舞われ、襲い来る高波の頂上から谷底へ叩き込まれ、頭から海水をかぶり、振り落とされないよう帆柱などつかめる物を必死に握りしめていると「何をしている。積み荷を直せ」と、激しい風雨の中怒鳴り声が響きます。

船の揺れで積み荷が一方へすべり動き、船の重心がずれたのです。船が傾き沈没の危機が迫っています。

自分の危険を顧みる余裕はありません。船員も兵士も宣教師も使節も区別はありません。全員の協力で沈没をまぬがれました。この時、神の御加護か一隻の犠牲もなく、激しい嵐が通り過ぎると、一面に青空が広がり雲一つ見えません。

灼熱の太陽が天空に、ずぶぬれであった昨晩と打って変わり、濡れていた着物はたちどころに乾いてしまいました。

数日、熱風の中、穏やかな航海が続きました。

行く手の水平線の海底から湧き上がるように、陸地が現れ、徐々に近づいてきました。

赤茶けた大地に枯草がへばりつき、まばらに生える木々も葉を落とし、まるで日本の冬のような景色です。でも灼熱の太陽。気温は高く、そして冬のような草木。長い旅の途中出会ったことのない光景です。


ここはアフリカ大陸の南東海岸の九月、乾季の終わりを迎えようとしていたのでした。


徐々に陸地が近づいてきました。貧しい掘立小屋のような集落が見えてきました。

集落の中から煙が立ち上っています。こんなに暑いのにたき火をしているのでしょうか。

肌の色が黒い子どもたちが、手を振りながら船に駆け寄ってきます。

腰に布きれを巻きつけた者。全裸の者。身なりから極貧を伺わせますが、明るそうにふざけ合い走りまわっています。

枯れ草の大平原に緑の葉をつけた木々も点在し、長い首の動物が葉を食っています。ローマの動物園でも見たことのない奇妙な動物です。

翌日夕方、二十八隻の船団はそろって港へ寄港することができました。

船から見た景色とは違い、城塞や教会等、南蛮の建物が立ち並んでいます。

ポルトガルが実行支配するモザンビーク港でした。

荒れ狂う嵐を乗り越え、やっと「上陸出来ました」との感謝を神に捧げたのもつかの間、マンショたちを残し、船団はリスボンへ引き返してしまいました。

使節たちはモザンビークに置き去りにされたのでした。

理由は「季節風の時期が去り」ゴアへは行けないと言うのです。

これは建前で、本音は使節を日本へ送り返す必要性に疑問が持ち上がったからでした。

キリスト教に寛大だった織田信長の時代が終わり、豊臣秀吉の切支丹への不信感が海を越えて伝わり、これまで使節を歓迎していた国々に衝撃が伝播していたのでした。

当時、海を越えての連絡は、手紙を船に託す以外方法はありません。

船の航行は風任せの時代です。いつ相手に届くかもわかりません。時間がかかる上、遠洋へ出る帆船の半数近くが難破する時代です。確実に届く保証もありません。

使節を待ちわびていたヴァリニャーノ（使節を日本から連れ出した宣教師）に、使節たちは「モザンビーク足止め」との情報が、ゴアに入港した船からもたらされました。この事実からも、「風向きでゴアへは行けない」とのスペイン艦隊の言い分は事実ではないことは明らかです。モザンビークからの帆船によって情報がもたらされたのですから。「足止め」の事実を知ったヴァリニャーノはインド副王と相談し、救援船を出してくれたのでした。

ヴァリニャーノは「使節たちを無事帰国させるのが自分の使命」だと考えていました。

救援船が着くまでの半年間、全く無為な生活を余儀なくされた使節たちでした。ゴアへ救援の伝言を託したとは云え、救援船が来る保障は皆無です。はかない望みであることは誰もが認識していました。

帰国の目途も立たず、目的もない不安な毎日でした。

城塞の外へは勝手に出ないよう申しつけられています。理由は「危険だから」と。銃を持った宣教師に連れられて、海岸で貝などを拾ったり、釣りで暇をつぶしたりはしていましたが、自由に歩き回ることは許されません。日ごとに不安が増し、口数が少なくなる彼らでした。

神に祈る以外、何もすることはありません。

ヴァチカンでの厳かなミサを思い出し、神のお恵みを口にするマンショに対し、「神のお恵みは否定しないが、我々使節の役割は何であったのか」と疑問を呈するミゲルでした。

南蛮で見た華やかさの陰で、軍隊や宣教師たちから追い立てられ、使節から遠ざけられる貧しい身なりの人々や、重労働を課せられる奴隷たち。身分差、貧富の差。

神の祝福を受ける貴人たちとそうではない人々。

この城塞でも肌の黒い奴隷たちが、鞭で叩かれ重労働を強いられていました。

城塞内で働く人々も、南蛮人のご主人様たちに、こびり、へつらう姿が目に入ります。

ヴァリニャーノが心配し引率宣教師に「悪いものは見せるな」との指令に反し、この狭い空間では、悪いもの・不平等は日常見せつけられます。

自分の目で見たこの差別をどう考えるべきか思い悩むミゲルでした。

これに対しマンショは「ゼウスの神を信じない彼らにこそ原因があるのだ。ゼウス様はきっと近いうちにお救いになる」と反論するのでした。しかし確信は持てず。悩ましい毎日が続きました。

そんな彼らを、慰めようと、銃を持った兵士と宣教師に守られ、食料を背負って、城壁

の外へ出掛けたこともありました。

これまで見たことのない、見渡す限りの平原が広がり、緑の草はほとんど見当たりません。

人の住む集落の周りには、刺のついた細い木を束ねた塀が、外敵の侵入を防いでいます。

人を喰う恐ろしい猛獣・ライオンが居るとのことでした。

枯れた木の枝には、瓢箪形の実が無数にぶら下がり、沢山の小鳥が「ピーピー」と鳴いていました。木の実ではなく鳥の巣だと教えられました。

この木は枯れているのではなく雨が降るのを待っていることを後に知りました。

地面に落ちた巣を拾うと、枯草を筒型に編んであります。

とても巧妙で精巧に出来ており、どうやって編んだのか、真似しようとしても不可能でした。

神様が小鳥たちに教えたものでしょうか、人間には及ばない能力です。

頭にねじれた長い角をはやした動物の群れや、船から見た長い首の動物にも出会いました。

「人間に危害を加えることはないから大丈夫だ」と教えられ、こんなにも珍しい動物がいたのかと感動し眺めていると、西の空にカラスのような黒い鳥の群れが、円を描くように舞っています。

「あの下には動物の死骸がある。ライオンが獲物を喰っている。あの鳥たちはお余りを狙っているのだ。行ってみよう」と宣教師が言います。

「大丈夫だ。こちらには鉄砲があるから」と兵士も言います。

相当距離があるようです。それでも全員、鳥の群れが舞う下へと走りました。

でも、行く手に大きな河が遮り、前進を阻まれ諦めざるを得ませんでした。

長距離を走りました。「鳥の舞う位置が河の向こう側だとは思わなかった」と兵士は言いました。

舞う鳥は、肉食動物が倒した獲物の残骸をあさるワシの仲間だと宣教師に教えられました。

大きな河は日本の清流とは違い濁った水がゆっくり流れ、大きな動物が頭だけ出して浮かんでいます。

天に昇る龍

川岸には緑の草が茂り、沢山の動物たちが争うことなく喰っています。

そんな中へ一頭の鼻の長い大きな動物がゆっくりと現れ、長い鼻で水を吸い上げ飲み始めました。

南蛮で経験したのとは、全く違う珍しい光景に感動し、眺め続ける使節たちでした。

そんな時、ミゲルが大声を上げました。「あれは何だ、大蛇か」と対岸の砂地を指差します。

「脚があるぞ。蛇ではない」「龍だ」とマルチノが叫び返しました。

少年達の見たこともない大きなトカゲ様の生き物が横たわっているのを、全員が確認しました。

「大蛇だ」「大トカゲだ」「龍だ」様々言いあっていました。

にやにや笑った宣教師が「クロッコダイル（ワニ）だ」と教えてくれました。

「クロコって何だ」「龍のことか」

ワニを知らない少年達です。それぞれが「噂に聞いたことがある龍に違いない」と納得したものでした。

そんなとき突然、護衛の兵士が東の空を指差し、何かを叫びました。

東の空一面を黒い雲が蔽い、稲光も見えます。「大雨が降る」と慌てています。

誰も雨具の準備をしていません。ここモザンビークへ来てから一度も雨に出会っていないのですから。

走って城塞へ逃げようとしました。正面から多くの動物たちが突進してきます。

動物たちは雨宿りができる川辺林を目指していたのでした。

動物たちに踏みつぶされないかと恐怖を感じた時、兵士が地元民の集落へ案内してくれました。

掘立小屋へ飛び込むと同時に、激しい稲光と共にこれまで聞いたことのない雷鳴が轟き、四人ともほとんど失神状態で倒れ込んでしまいました。

しばらく稲妻、雷鳴が続いた後、落着きを取り戻した少年達は、興奮気味に「龍が天へ昇ったのだ」と納得したものでした。

彼らの結論「昇龍」を宣教師たちには覆すことはできませんでした。

やがて暗闇も迫り、ここで一泊することになりました。

これが人間の住処かと疑うほどの粗末な家です。家財道具はほとんどありません。周りが木の枝や土壁で覆われ、屋根は枝や葉で雨をしのぐ簡単な造りです。

日本の牛小屋より粗末な小屋でした。豪雨を避けホッと息をつくと、「これが人間の住まいなのか」と改めて惨めな生活ぶりに心を痛める使節たちでした。

当然雨漏りも激しかったのですが、雨のあたらないところを使節たちに譲り、家族は豪雨が通り過ぎるのをじっと我慢していました。

たぶん兵士がそのように命じたのでしょうがマンショたちには言葉がわかりません。ただ心の中で神に祈り続けるのみでした。「豪雨が通りすぎること」と、「彼らへの御慈悲を」と。

家人には分け与えることもなく、持参した食料で夕食を済ませ、その晩はこの家で過ごし、翌朝は昨日の豪雨がうそのように晴れ上がっておりました。

これが雨期の始まりであり、この後毎日のように短時間ではありますが豪雨に見舞われたのでした。「昇龍」を思わせる激しい雷雨も毎日のように続いたのでした。

雨期に入ると、枯草の大平原に新緑が芽生え、緑の絨毯へと変わり、色とりどりの花が咲き、枯れ木（と思っていた木）も一斉に若葉を茂らせたのでした。


使節たちは南蛮（ヨーロッパ）の様子を体験しただけではなく、アフリカの一部をも体験したことを、後の世にはあまり知られてはいません。


たまたまモザンビークに立ち寄ったゴア行きの帆船に託した伝言が、幸いにもヴァリニャーノに届きました。

早速ヴァリニャーノは救援の船を、副王の協力でモザンビークへ差し向けることが出来たのですが、新たな不安が重くのしかかったのでした。

秀吉が切支丹に不快感を抱きはじめたこと、さらに「遣欧使節」派遣について秀吉は知らなかったこと等が、日本在住の宣教師からの知らせが届いていたのでした。

「日本が彼らの帰国を受け入れてくれるかどうか」ヴァリニャーノは心を痛めました。

「キリシタンの入国は許されないだろう」とも、便りに書かれていたのです。

ヴァリニャーノは副王と善後策を話し合いました。

副王は使節たちの将来と、日本との友好を考え決断しました。

ポルトガルの国王から日本の王・豊臣秀吉に対し、ヴァリニャーノを団長とした「使節団」を派遣しそのメンバーにマンショたちを加えることにしたのです。

これならば、秀吉も拒否できないだろうと考えたのでした。

前述しましたが、名目上のインドの国王は、スペインとポルトガルの国王を兼ねるフェリーペ二世でしたが、実質的にはフランシスコ・マスカレーニャスが副王としてインドに君臨していました。

モザンビーク脱出・インドゴア着　マルチノの演説

六カ月半もモザンビークで不安と退屈な生活を強いられた使節たちでしたが一五八七年三月十五日、救援船に乗り込むことができました。

二カ月以上もの困難な航海の末、五月二十九日、ゴアに救援船は錨をおろし、ヴァリニャーノが船上に駆け上がり、使節一人一人と感涙にむせびながらの抱擁を交わしたのでした。

ゴアに到着して間も無く、原マルチノが使節を代表しヴァリニャーノに対し感謝の演説をし、その全文がラテン語に訳され、使節が持ち帰った印刷機で印刷され、現在もイエズス会の本部に残されています。

本当にマルチノの真意だったか、彼の言葉であったのか疑問です。彼の口から出た日本語を、伴天連側に都合の良いラテン語に直したものだと、筆者は考えますがともかく、その一部を紹介します。マルチノの口から出た日本語をラテン語に、さらに日本語訳されたのが次の文です。

「・・・パードレ（神父）様、デウス（神）の命により天の大軍を率いて日本に渡り、国を攻略して残忍な敵の手から圧迫された祖国を、真の自由に導いてください。日本人はパードレ様を待ち焦がれています。・・・」

正確に、これがマルチノの口から出た言葉であったのでしょうか。もしそうだとしたら、イエズス会の思惑通り、完全に洗脳されているのではないでしょうか。

「日本を侵略してくれ」と懇願しているとしか解釈できないのですが・・・。

使節団の正使はマンショとミゲルでした。マルチノはジュリアンと共に副使です。副使であるマルチノが、使節を代表して謝辞を述べたことも不自然です。

豊臣秀吉による伴天連追放令

使節たちがゴアに帰りついて二か月後の天正十五（一五八七）年、七月二十四日、秀吉は正式に「伴天連追放令」を出したのでした。

その中身は「伴天連は今日を限り二十日以内に日本を退去せよ」と云うもので、理由は「日本は神の国で切支丹は邪教である」とのことでした。

キリスト教を擁護していた秀吉の心が、徐々に変化し禁教へと向かっていたことは、日本に駐在する宣教師より、本国へ伝えられていました。

マンショたちを送るスペイン艦隊がモザンビークから引き返したこともその表れの一つでした。

これでは使節たちが日本へ帰ることは不可能です。

使節にはこの事実を伏せて、ヴァリニャーノとインド副王は善後策を検討しました。

「遣欧使節」から「訪日使節」に　マンショ等の身分変更

インド副王（ポルトガル国王代行）は、日本へ使節を派遣することにし、代表はヴァリニャーノでマンショたち日本人を随員として日本へ送り返すことにしました。

表面上の目的は、日本の「王」である豊臣秀吉への謁見です。

すべてマンショ達には、伏せられたまま、準備のため十一カ月も留め置かれことになりました。

何も知らされていないマンショたちは、楽器演奏や南蛮で教えられた測量の実習などで時間を費やしたのでした。

やっとマカオまで帰着　禁教令を知らされる

一五八八年八月十一日、やっと隣国（と言っても遠く海をへだてた）マカオまで帰りつくことが出来たのでしたが、凱旋したつもりであった使節たちに考えもしなかった情報がもたらされたのでした。

これまで使節たちにこの情報は伏せられていたのですが、秀吉による「バテレン追放令」でした。さらに、「遣欧使節」を派遣したとされる大友宗麟と、大村純忠の逝去も知らされ、日本へ凱旋することを夢見ていた彼らを奈落の底へ突き落したのでした。

そんな彼らに、彼らが無事帰国できるよう、ポルトガル国王が「訪日使節」の派遣を準備していること、その使節団に日本人の全員を加えることなどが明かされました。

「日本の王・秀吉に訪日使節受け入れを受諾させるまで少々時間を要する」「この訪日使

節は必ず実現する」と彼らの不安を鎮めました。そして帰国後、秀吉の出方に対応できるよう準備を申し渡されたのでした。

秀吉を喜ばせなければなりません。

航海術、測量技術、製鉄法等々これまで学んだ南蛮技術をしっかり学習し、イタリア、ポルトガル、スペインで目にした実情を整理しておくよう言い渡されました。

結局、日本を目の前に、秀吉との折衝などで一年十カ月もマカオ滞在を余儀なくされたのでした。

この間、マカオ各地で測量と、それを図面に書きとめる、地図作りの実習も繰り返したのでした。

夜は夜で、天球儀を使い時々刻々移動する星座の勉強もさせられ、疲れた体をベッドに横たえ、帰国の目途も付かない不安、そして故郷、家族を偲び涙する毎日でした。

琵琶との出会い

一年十カ月ものマカオ滞在です。暇を持て余す日々もありました。そんなとき、マンショは南蛮（ヨーロッパ）では経験のない楽器に出会ったのでした。

「琵琶」でした。この激しくもあり、悲しさを漂わせる音色に心ひかれ、名手と云われる支那人から手ほどきをうけ、この楽器にも夢中になりました。

この楽器には特別な楽譜もなく、自分の心に合わせ奏で、その音色に合わせ心に浮かぶ物語を語るのだと教えられました。

ロヨラから教えられた日本の古典・平家物語冒頭の一部を繰り返し語り続けました。

「諸行無常のひびきあり・・・」「盛者必衰のことわりをあらわす・・・」「おごれる者ひさしからず・・・」幼少時に体験した、自分を可愛がってくれた若い腰元の自害、父親の死等、豊後落ちの悪夢と重なり、涙しながらの練習風景でした。

神の前で歌う讃美歌とは、異質な音楽です。

琵琶を奏で、平家物語を語りながら「自分は南蛮人とは違う日本人なのだ」との感覚もよみがえるマンショでした。

そんなマンショを無言で見詰める仲間や宣教師たちでした。

マカオで印刷された虚偽の見聞録

ヴァリニャーノが企画した「遣欧使節団」の計画は、少年たちの苦しく死を賭した旅であったにもかかわらず、日本に対する「キリスト教の布教」は成功とは言えませんでした。

その上、南蛮諸国（イタリア、スペイン、ポルトガル等）の本音である、日本支配も秀吉の強い警戒心を呼び起こし、失敗に終わったと言わざるを得ません。

しかしヴァリニャーノはイエズス会に対し言い訳が必要でした。

マカオ滞在中に、南蛮から持ち帰った印刷機で『日本使節の見聞対話録』なる書籍を出版しています。断っておきますが、日本へ帰国する前に、出版された書籍です。

使節たちに、南蛮の素晴らしさ、ゼウスの神の慈悲をマンショたちに語らせていますが、全くの虚偽と言わざるを得ません。

「畜類のような生活をしている全アジアの多くの種族・・・」

この当時マンショたちに、アジアの概念はあったのでしょうか。あえて言えば滞在しているマカオと日本しか知らないはずです。

「反乱などはヨーロッパの人々にとって実に縁遠いものだ・・・」

同様にヨーロッパの概念はなかったはずです。彼らの知るヨーロッパはイタリア、ポルトガル、スペインでありヨーロッパのごく一部に過ぎず、これらの国々をすべて南蛮で片づけていたはずです。この時、南イタリア・ナポリでは暴動が起こっていました。

「黒人は奴隷になるために生まれてきた・・・」

人種差別の最たる、しかも矛盾した発言です。使節自身「インドの王子」と呼ばれていたのです。

この書物で最も特徴的なことは、使節たちがマカオ滞在中であるにもかかわらず、帰国後の会話までが記載され、長崎にいる千々岩ミゲルの従兄二人が、語っているのです。

ミゲルの話を聞き

「ヨーロッパはすべてが驚嘆すべきものだということは、私にもわかる」

「ローマは幸福な都だ。それに比べて私たちはなんとみじめなことだろう」

この書物はヴァリニャーノがイタリア語で書き、これをドラルテ・デ・サンデがラテン語に翻訳し出版されたものでした。日本人使節に内容が分かるはずがありません。

すべてヴァリニャーノによる虚偽の著作と断定せざるを得ません。

ことほど左様に、これまでに使節が語ったとされる記録はすべて信頼に値しないことが、この書物が証明しています。

祖国を前にロヨラの逝去

マカオ滞在中、使節にとって悲しい出来事が生じました。

これまでマンショたち四人の少年を、自分の命に優先させ面倒を見続けた、日本人修道士ジョルジェ・デ・ロヨラ（洗礼名であり日本名は不詳）が帰国を前に亡くなったことでした。二十七歳でした。結核菌に、肺が蝕まれ続けた結果でした。

使節たち全員が、十二・三歳で日本を出港し、自分の名前以外日本語の読み書きはほとんど出来ませんでした。

使節が書いたとされる日本語の文書は、すべてロヨラの手によるものでした。いつもいつも彼らに寄り添い、日本語の学習以外にも、少年たちの精神的支えとなり、健康面にも注意を払い、恩師であり、兄として慕われていました。

特にマンショが興味をもたらせられたのが日本の古典文学『平家物語』でした。

「諸行無常・・・」「盛者必衰のことわりを表す・・・」には自分の身と置き換え共感し、「おごる者は久しからず・・・」にゼウスの声を聞いたような気持ちになり、熱心に学びました。

激しく荒れ狂う波に揉まれる長い長い船旅。乏しい食べ物も飲み水も使節優先。肉体的酷使の上、ヨーロッパ各地でもすべて裏方に徹し、精神的にも重い負担を掛けられ続ける旅の中頃から、軽い咳がはじまり、だんだんと体形が細くなるようで心配になりました。

マンショは何度も「大丈夫?」と囁きましたが、答えはいつも決まって「心配するな」

でした。

「やはりそうだったのか」「何故、あのような信心深い人に神のお恵みがなかったのか」「それとも、お恵みによって天国へ召されたのか」「そうであるならば、悲しむのではなく、祝福すべきではないか」

親しい人の死を悲しむべきか、それとも祝福すべきことなのか、思い惑うマンショでした。

それでも、彼の頬は涙に濡れていました。

マンショだけではありません。ミゲルも、ジュリアンも、マルチノもそして、宣教師たちも陰鬱な表情で言葉もありませんでした。

豊臣秀吉との帰国折衝

ヴァリニャーノは『日本使節の見聞対話録』の出版と共に、小型高速の船・ジャンク船を雇い、日本にいる仲間を通じて秀吉と「インド副王（スペイン・ポルトガル国王代行）使節」との謁見を折衝していました。

その結果「切支丹は好まぬが、使節は迎えてよい」との入国許可が届きました。

一五九〇年六月二三日ようやく最後の航海に、マカオを出港することができました。

隣国とは云え、海を隔てた日本と中国大陸です。およそ一カ月の航海でした。

八年五カ月ぶりの帰国

苦しく、未知の地への不安な長い旅は、やっと終わりました。

天正十八年七月、少年たちを乗せた帆船が長崎港に接岸しました。

ヨーロッパ各地で経験した、出迎えの祝砲もありません。

マンショたちは「遣欧使節」としての重い荷を背負わされ、故郷を離れました。

そして八年五カ月ぶりにその役割を立派に果たし、夢にまで見、何度も涙した懐かしい故国へ帰って来ました。

しかし港は閑散としています。

出国時に手を振り、声援を送ってくれた群集の影もありません。まばらに人影は見えますが・・・。

岩壁近くに懐かしい、イエズス会の教会が淋しく建っているのが見えます。

マンショ達の帰国を温かく迎えてくれるはずの、宣教師の姿もほとんど見当たりません。

在日宣教師の間でも、マンショの身分について知れ渡っており、イエズス会内部でもヴァリニャーノの強引な手法による反発がありました。

そして豊臣秀吉による禁教令です。

出掛けの華やかさとは逆に、暗く重苦しい雰囲気の長崎港への帰国でした。船を降りると、あまり多くない出迎えの人々の中に、少年達の肉親の姿もありましたが、わが子に駆け寄る親の姿は見られませんでした。

出かけには紅顔の少年達も立派に成人しています。親の目からでもわが子の姿を認めることは不可能でした。八年余りの年月は、わが子の容貌をすっかり変えていました。

ミゲルの母や、マルチノの両親は、目の前の息子が分らず戸惑いを隠せませんでした。

この時、祐益（マンショ）に、真っ先に駆け寄ったのは、かつての従臣・田中國廣でした。

「若、お待ちしておりました。お懐かしゅうございます。これからも、お供させてください」

産まれてから、苦しい豊後落ち、そして旅たちまでずっと世話をしてくれた、兄であり父親の存在であった國廣です。

何度も夢に見続けた、最も懐かしい人物に抱き締められ。涙にむせびます。

國廣は、マンショを抱き締めながら涙声で「若、大きくなられましたなぁ」とつぶやきました。

当時「男は泣かない者」とされていました。侍姿の國廣は必至に涙声を抑えていました。

この場にはマンショの母・町ノ上は間に合わず、後日対面した時も同様に戸惑いを見せたものでした。

実母は戸惑い、國廣には瞬時祐益の姿を見分けられたのでした。

秀吉を恐れて、迎えの群衆は少なかったものの、少年達の帰国は瞬く間に広がり、翌日には大村純忠（すでに故人）の息子喜前《ヨシアキ》、その翌日には有馬晴信が一族の者を引き連れ、「使節」の無事帰国を祝い、労をねぎらいました。

報告会には、キリシタン以外の人々も多く駆けつけ、南蛮の実情に目を輝かせ聞き入ったものでした。

この後一行は長崎から、有馬へ移動し、晴信ら関係者との祝宴もそこそこに、身心の疲れと安堵感から深い眠りに陥りました。

しかし、これで終わったわけではありません。難題が待ち構えています。

インド副王が派遣した「訪日使節」としての仕事です。しかも謁見相手はキリシタン禁止令を出した豊臣秀吉です。

秀吉から謁見許可　室津で西国大名たちと面会

帰国後ただちにヴァリニャーノから、秀吉に謁見の打診が行われましたが、二カ月以上も音沙汰のない時間が経過しました。

理由は秀吉の不在でした。

九州を平定した秀吉は小田原から奥羽へと兵を進め、京を留守にしていたのでした。

十月に入り、ヴァリニャーノに対し、謁見受諾の報が入りました。

「キリスト教は好まぬが、使節にならば会おう」と言うものでした。


表向きキリシタンではなく、ヴァリニャーノを筆頭にした「インド副王の訪日使節団」そして随員として商人、船員等総数約三十人が、瀬戸内海を船で室津（兵庫県）に着きました。

ここ室津で、しばらく足止めされました。秀吉から対面の日程が示されなかったのです。

当時この室津は、キリシタン大名・小西行長が支配する領地であり、海運の要所になっていました。

十二月も下旬に入り、秀吉に年賀の挨拶に訪れる西国の領主たちが次々と、室津を通ります。

「訪日使節」の滞在を知った彼らが競い合うように面会を求め、マンショたちによる日本語での土産話に南蛮諸国と日本との違いをつぶさに聞き、彼らが持ち帰った地球儀、時計等々の文物に目を見張り、さらに四人による弦楽器、管楽器の演奏に驚嘆し、四使節の存在がいやが上にも広まったのでした。

「天正遣欧使節」についてはヴァリニャーノを中心に、イエズス会の一部が計画実施したものであり、それまであまり広く知られてはいませんでした。

このように室津滞在中は、多くの来訪者でごった返し、秀吉による足止めも気にする暇も無いほどでした。

室津での滞在は、遣欧使節の体験発表の場となり、南蛮（西洋）の実情を多くの領主たちに知らしめる結果となったのでした。

ここで特筆すべきことは、マンショはこの時、飫肥城主に復帰していた叔父・祐兵の訪問を受け、複雑な気持ちでしたが、帰国後行動を共にしていた田中國廣の勧めもあり、ともかく会うことにしました。

飫肥城主・伊東祐兵との再会　伴天連追放令の経緯

マンショにとって、祐兵は会いたくない人物の一人でした。

豊後落ちの後、大友宗麟と直接血縁のあるものは臼杵城に保護されましたが、血縁の無いマンショ（祐益）は祖父・義祐、叔父・祐兵らと共に到明寺に収容されていました。

ある晩突如として、夜陰に紛れ、義祐、祐兵たちは小船で四国の伊予へ脱出してしまったのです。

宗麟は美貌な祐兵の妻・阿虎を息子・義統の嫁に横取りするため「祐兵を殺害する」との情報が到明寺にもたらされたからでした。

何故脱出したのか、幼い祐益には知らされておりませんでしたが、「困った伊東一族に裏切られた」と、激怒した大友宗麟は、到明寺に残された伊東一族の大将として幼い祐益に「馘首」を言い渡し、牢へ押し込めたのでした。

ラモン神父の助けがなければ、今の自分はありません。

目の前にいるのは、自分を死の境地に陥れた張本人です。

しかし「神の慈悲」を学んだマンショです。

怒りを抑え「叔父上、お久しゅうございます」と挨拶をしました。

その答えに驚かされたマンショでした。

「南蛮から無事に帰ったと聞き駆けつけてきた。ワシも伴天連じゃ。洗礼を受けた」

秀吉の九州征伐に加わった際、黒田官兵衛に説得され、下関で洗礼を受けたと言います。

この一言で、わだかまる黒い霧が吹き飛ばされ、肉親の情が蘇ってきました。

祐兵から「伊予で苦しい生活を送った後、播磨（兵庫県）へ渡り、秀吉様に拾われた」

こと。

「秀吉の九州征伐の道案内に立ち、その功績で、日向を追われ十一年ぶりに、飫肥城主に帰り咲くことが出来た」こと。

「祖父三位入道は、修行僧に返り、托鉢の旅に出て、堺で野垂れ死に同様の最期を迎えた」こと等々、一族の近況の他、秀吉によるキリシタン禁止の経緯まで詳しく説明を受けたのでした。


秀吉はもともと信仰の問題よりも、自身の盤石な政権拡大のためキリシタンを利用できると思っていたこと。

南蛮貿易による利潤にも大きな期待があったこと。

朝鮮から支那を征服する武器、軍艦が欲しかったこと。

その秀吉の心を逆なでしたのが宣教師による空約束であったこと。

秀吉に謁見した宣教師の一人が秀吉の歓心を買うため、中国進出を狙う秀吉に対し「軍艦を提供する」と安請け合いをし、約束を果たさなかったこと。

そして最大の理由は、祐兵が道案内をした九州征伐であり、宿敵島津を倒した後、秀吉が九州各地でキリシタンの実態を目にしたことであったと、詳しく話し聞かせました。

キリシタン大名と云われた大村の領地での激しい寺社破壊の様子。

その跡に建てられた南蛮風の教会。

迫害された元僧侶、神官の哀れな姿。

これを見た秀吉は「伴天連の神には慈悲の心があると聞いていたが・・・」と眉をひそめたこと。

長崎では、有馬晴信が教会領として与えた地が、南蛮による植民地の様相を呈しており、日本人が奴隷として働かされている実態を目にし「これが南蛮伴天連のすることか」と、これまで出会った宣教師達に「だまされていたのでは」と疑いを持ったこと。

このままでは、「日本全体が南蛮に占領される」ことを危惧していたこと。


さらに決定的であったのが博多で、完全武装した小型の軍艦・フェスタ船に試乗したことでした。

この時秀吉は、船上で宣教師に「予は伴天連の弟子だ」と冗談を言っていましたが、真意は裏腹で、強い警戒心を抱いたのだとの祐兵は教えてくれました。

さらに、この小型軍艦の櫓を漕ぐのは鎖に繋がれた日本人だったのです。

秀吉は日本人が奴隷として酷使されているのを見てしまったのでした。

宣教師に抗議すると「あれは罪人です。今ゼウス様の罰を受けている期間であり、それが終わり、罪を悔い改めれば解放されます」と答えました。

秀吉は、それ以上の追及を「グッ」と飲み込みました。


この時、秀吉は切支丹の布教以外に、南蛮による日本の植民地化の意図を感じ取ったのでした。

織田信長が悩まされた一向一揆より強力な伴天連が襲いかかるのではと、恐怖心すら抱いたのでした。

しかし、宗教的「心の問題」にまで踏み込むには、熱心なキリスト教徒の姿に接し、躊躇せざるを得ませんでした。

秀吉が小型軍艦・フェスタ船に試乗した情報を聞いたキリシタン大名・高山右近は驚愕し「間もなく悪魔による妨害と攻撃が始まるだろう」と秀吉の心を読み取り、宣教師たちに予言していました。


この高山右近の予言通り、直ちに「伴天連追放令」が出されました。天正十五（一五八七）年十月二十日のことでした。

その前日十九日には国内向けの覚書を発表しています。

すなわち「上級武士の入信は公儀の許可が必要であるが、それ以外は自由である」

「仏法の妨げをしなければ、ポルトガル船の来航、商売は許す」イエズス会やヴァリニャーノの思惑を警戒し、宗教（心の）問題を利用しての植民地化は許さないとの決意表明でした。

「禁教令」の曖昧さに救われ、三年後に使節たちは帰国出来たのでした。

祐兵は、播磨で秀吉に拾われた直後、本能寺の変が生じ、織田信長を裏切り殺害した明智光秀との弔い合戦で手柄を立てました。

それ以来、「イフジ、イフジ」（この愛称は伊東より伊藤の方が、格が上だとの祐兵を喜ばせる秀吉の配慮でした）と可愛がられ、常に秀吉の傍に仕えていました。

九州征伐では先導を務めた功績で、飫肥城主の地位を回復するまでに信頼を受けており、秀吉の真意を知りつくしていました。

さらに祐兵は言います。

秀吉様は「心での信仰は自由だ。しかし武器を持って我が国の侵略は許さない」と。そして「自分もゼウスの教えには共感するが武器で信仰を強要するのは間違いだ」と。

さらに「南蛮人は、我が国民を奴隷として扱っている。あれがゼウス様のご意向なのか」とつぶやくのを、はっきりと耳にしたと叔父は言いました。

こんな叔父の話に、自分が南蛮で見聞きした体験とが二重写しになり、頷かざるを得ないマンショでした。

しかし、時計など各種精密機器。土地の測量術、それを図面に書き写す地図。星の位置での航海術。田畑を耕す南蛮鉄製の農具等々。

自分が見聞きした南蛮の進んだ芸術、文化等、話すことが多過ぎ、ほんの一部だけを語り「武器ではなくこの国の人々の役に立ちたい」と話し、祐兵を大いに喜ばせたのでした。

この席に終始、田中國廣も同席しており、「自分の主人」と心に決めた祐益の言葉に目を輝かせ、聞き入っていたのでした。

そしてマンショは、この場で祖父・三位入道義祐についての、思いもよらぬ話を聞いたのでした。

かつては四十八の城を持ち、日向の国に君臨し、「日向の大王」として権威をふるい、尊敬され、恐れられてもいた祖父が、乞食坊主として托鉢の旅に出て、野垂れ死にしたことに驚かされ、「仏門に帰依し、熱心に仏法を学び、その仏教徒としての托鉢修行の途中で野垂れ死にするとは・・・」と言葉を失い、ゼウスの神に祖父への御慈悲とお救いを願うマンショでした。

「猛き者はついには滅びぬ・・・」
日向の大王・従三位・幕府相伴衆　伊東義祐の野垂れ死に

「藤原・従三位」を誇りに、羽柴秀吉に従うより、「野垂れ死にを」と、秀吉との会見を断っていた義祐でしたが、それは彼のプライドからであり、建前でした。

内心、秀吉を大きく評価しており、期待すること大でした。

息子・祐兵が秀吉に抱えられ、直後の「本能寺の変」、瞬く間に「山崎の合戦」で光秀を討ち果たした秀吉の行動力に、飫肥奪還も間違いないと満足し、安堵感に浸ったのでした。

義祐は猛将であり、僧侶であり、歌人としての顔を持ち合わせていました。

安心した義祐は僧形で、放浪の旅に出かけました。

心配した祐兵は黒木惣右衛門を供につけましたが、流石に猛将であり戦略家です。瞬く間に黒木惣右衛門から姿をくらまし、二度と見つけられることはありませんでした。

かつて伊豆・伊東一族が、源頼朝より、領地を与えられ、住み着いたと云われる山陽、山陰地方を放浪しました。

猛将として、多くの人命を奪い血塗られた自分の身体。僧侶として佛に仕え、和を尊ぶ自分の心。

この相反する自分自身の生涯を見つめ直したいとの思惑から、孤独な一人旅を選んだのでした。

義祐は、七代目伊東尹祐《タダスケ》の三男として、一五一二（永正九）年佐土原城で生まれ、幼名虎熊丸（元服後・祐清）と名付けられていました。

長兄は早世したため次男・祐充が嫡男として、弟の四男・祐吉とともに三人兄弟として育てられました。

幼少時から、周囲の影響もあってか、武道の稽古が遊びであり、日課でした。

周りの大人たちも若君の機嫌を損なうことなく、優越感を持たせるべく接していました。

父親の家臣の子弟を引き連れ、侍大将の如く振る舞っていました。

家督を継ぐことができないと知ってからは性格も荒々しく剣術の稽古と称し、激しく打ち込み相手に怪我を負わせることもありました。

まさしく乱暴なガキ大将そのものでした。

母親は、三人の息子たちのため、特に乱暴な祐清のため、国分寺の高僧を招き心の教育を委ねました。仏教の教えの他、異国の話、読み書き、和歌など多岐に渡りました。

三人の内、一番熱心だったのが祐清で、和歌に関心を持ち、特に佛の教えに目を輝かせました。

釈迦の話では佛の教えよりも、未知の異国の文化に触れ、好奇心が掻き立てられたのでした。

一旦家督を継いだ祐光が早世し、順番が回ってきたとき、家臣たちの内乱が起こり、少年期に乱暴者であったことも原因であったのか、祐清を通り越し四男・祐吉が、九代目日向伊東家の当主に納まってしまいました。

この時、祐清は仏教に専念しようと、頭を丸め仏門に入ってしまったのでした。

ところが、あまり時を経ず祐吉が病没したため、還俗し十代目伊東家当主の座に着きました。

この時、祐清は禁裏（天皇の住居）修復に銭百八貫（約二七両）を献金し、将軍足利義晴から「**義**」の一字が偏諱され、**従五位下**の官位に叙せられ、伊東義祐を名乗るようになりました。一五三七（天文六）年のことでした。

その後、絹織物三万疋（衣服六万人分）や現金を贈り室町幕府の台所番としての功績から、**従三位**に昇進、幕府の「**相伴衆**」の地位まで与えられ、地方大名としては「異例中の異例」の昇進でした。

さらに、幕府の台所を潤すためと称し、貿易港・**油津**を手に入れるため島津と戦闘を繰り返し、飫肥一帯を手に入れ、日向四十八の城主に納まりました。

主城のある佐土原（現・宮崎市佐土原町）は京風の街並みに造り変え、大仏や金閣寺に似せた金箔寺まで作りました。京の公家文化に憧れ、住民にも京風文化を味わわせたかったのでした。

そして今、全てを失い、粗末な僧形での乞食坊主です。

多くの人の命と領土を奪う獰猛な武将であり、誇り高い優雅な貴族であり、和歌や俳諧の素養高い文人であり、佛に使える僧侶でした。

全く常人には理解できない自分であることに、彼自身気が付いているのでした。

そんな彼が、誰ひとり邪魔されることなく、自分を見つめ直す孤独な旅に出たのでした。

旅の途中、秋の夕暮れ、鐘の音に引き寄せられた寺で、一泊を願ったところ、入口近くの部屋が与えられ身体を休めていました。

すると奥の部屋から俳句を読み上げる声が響いてきました。句会が催されていたのです。懐かしさのあまり我慢出来ず、参加を乞いました。その時詠んだ句が残されております。

旅は憂し　窓の月見る　今宵かな

この句は、この日の句会の秀作に選ばれ、みすぼらしい乞食坊主の作と分かり、この乞食坊主は誰かと、詮議が始まりました。発覚を恐れた作者は、既に姿を消していました。

義祐は和歌だけではなく、俳句にも堪能であった事がわかります。

義祐作の和歌も三首書き添えておきます。


とぼけたる御顔におはす石仏　ほのぼの温かき春の日に濡れ

飛ぶ鳥にいざこと問わん行く水の　たえぬ逢瀬はありやなしやと

岩の上に馬より落ちて腰ひざを　筑波の川にぬるる袖かな

これらの詩《ウタ》から、猛将の姿は、全く見えてきません。


貧しい法衣姿で、民家の前で読経托鉢し、目にした景色や、農民など人の営みに心を奪われ、詩《ウタ》に詠み、句に認《シタタ》めながら、行先も決めず歩き回り、寺や農家に一夜の宿を乞い、時には軒先で横になり疲れを休める日々を繰り返していました。

かつての猛将・義祐の姿は認められません。乞食坊主そのものでした。

夜になると、寺の山門下の片隅等で禅を組むことを常としていましたが、目を閉じても無我の境地に達することはありませんでした。

瀬戸内の海を見下ろす岩に座し、波の音を聞きながら、目を閉じると瞼には鮮血が飛び散ります。

戦場で多くの若者の命を奪い、相手の鮮血を浴びたことも数知れません。断末魔の苦痛に歪んだ相手の顔も浮かんできます。

かつて自分との本家争いに敗れ、切腹した叔父・祐武の最期も強烈な印象として忘れられません。

白布を固く巻いた下腹部に突き立てた短刀、布に滲む鮮血、瞬く間もなく介錯人に撥ねられた首からほとばしる夥しい血潮。

これら血生臭い体験は、佛の教えに憧れ、仏門に入ってからの体験でした。

佛の教えとは何なのか。人の命を奪う戦とは何なのか。

佛の教えを人々に伝えるのが僧侶の役目です。佛の教えには人殺しはありません。

しかし、親鸞上人の門徒衆による権力者との戦・一向一揆など、宗教がらみの人殺しも数多く知られています。

人を殺すことは、悪なのか善なのか。佛の教えとは、戦とは・・・。

これまでの血にまみれた行為が、重くのしかかり、悟りの境地には達し得ない、苦悩に満ちた仏門修行の毎日でした。

夜は夜で、悟りのない禅修行をし、眠れば悪夢に悩まされ続けました。

昼は托鉢をしながら物思いにふける毎日でした。「武士とは武将とはなんだろう」と。

海風に打たれ海岸沿いを歩きながら、自分が、足利将軍・義晴から「義」の一字を偏諱される前の伊東祐清と同姓同名の伊豆・伊東祐清の逸話を思い出していました。

「武士の鏡」と賞賛され語り継がれている鎌倉時代の武将です。

祐清は四百年も前の伊豆で義祐と祖先を同じくする、伊東一族の先輩です。

平家側の武将として源頼朝の長男・千鶴を伊豆の松川へ投げ込み、殺した伊東祐親の息子です。

父・祐親が千鶴を谷川へ投げ殺した後、頼朝をも暗殺しようとの計画を、密かに頼朝に教え、北条時政を頼るよう薦め、命を救いました。

敵側とは云え、戦場以外では親しく付き合い、友情からの行為だったと伝えられています。

その後、頼朝が挙兵した時、平家側として戦線に加わり、源氏側に捕らえられ、捕虜が祐清だと気付いた頼朝から「命の恩人だ」と釈放どころか恩賞まで与えると言われました。

「父親が平家側である以上、息子が恩賞を受け取ることはできない」と暇を乞い、その場を離れました。

その後、平家軍に加わり、北陸道で討ち死にしています。

平時での頼朝に対する友情、戦時での敵対、はっきりと区別し、平家側の武将としての筋を通しています。これが武士としての本分であり、「武士の鏡」と賞賛され続けた理由でした。

この祐清に対し、義祐としての祐清はどうであったのか、これまでの行為を思い出し、とても「武士の鏡」とは言えない生涯だったと心乱れる托鉢の旅でした。

「少々生き過ぎたか」が彼の結論でした。


かつての精気溢れた武将・三位入道の面影はありません。みすぼらしい乞食坊主です。

一五八五（永禄元）年、義祐は各地を流浪し、年齢と精神的、肉体的疲れから病魔に侵され、息子・祐兵の屋敷へ戻ろうと、便船で、大阪の堺港を目指しましたが、船の中で病衰し生死の境をさまよい始めました。

面倒を恐れた船頭は、港近くの砂浜に病人を捨て去りました。

行き倒れの状態で、付近の人に見つけられ、祐兵の屋敷へ運び込まれましたが、既に意識は途絶えたまま息を引き取りました。七五年の生涯でした。

この時、祐兵は備前高松城攻め、その後の光秀との山崎の戦い等で、大阪（堺）を留守にしており、父親の最期に出会うことはありませんでした。

秀吉との謁見

明けて天正十九（一五九一）年、秀吉は「訪日使節」との引見を宣言しました。

一行は室津から大阪まで出て、ここで三泊し、支度を整え、淀川を船で上京しました。

初春の都大路を豪華な南蛮行列が聚楽第へ向かったのでした。

飾りたてられたアラビア馬に跨る使節たちの服装は、ローマ教皇から贈られた黒のビロードに金モールのヨーロッパ貴族スタイルでした。

随行のポルトガル商人や船員たちも華美な服装で、宣教師のみが質素な服装でした。

神の恵みによる南蛮の豊かな生活ぶりと、神の使いである宣教師の質素な身なりでのコントラストを見せつける作戦でした。

秀吉も負けてはいませんでした。この日までに豪華な聚楽第の改修を急がせ、使節たちが通る道路の整備にも細かな気配りを見せていました。


聚楽第は、秀吉が天下人である象徴として建てた、贅を尽くした華美な政庁でした。

天正十六（一五八八）年、後陽成天皇を招き、家臣たちを集め、天皇に絶対服従を誓わせる儀式を行

っています。

天皇の名を借りた、自分への忠誠を誓わせる演出でした。

その聚楽第をさらに、華美に改修し、使節との謁見の場としたのでした。

謁見の儀式は、仏僧、公家、重臣（この中に祐兵も居ました）たちが居並ぶ中ヴァリニャーノがインド副王の書を奉奠、続いて贈り物の交換が行われました。

ローマ教皇への日本三大名からの信書奉奠の際と全くの逆です。秀吉にポルトガル語で書かれた書状が読めるはずがありません。日本語ができる南蛮宣教師が、秀吉を喜ばせるよう通訳したのでした。

副王からの贈り物は銃、時計、測量器具、地図等々、秀吉を喜ばせる物ばかりでした。

厳粛に儀式が終わると、秀吉は末席に控えていた四少年に楽器の演奏を所望し、持ち帰った（当時の）ピアノ、ハープ、バイオリンの音色に、三度もアンコールを繰り返し、満足の笑みを受かべ、語りかけました。

「汝《ナンジ》らが日本人であることに嬉しく思うぞ」とまで言っています。

黄金で飾られた大広間の片隅に控える、黒のビロードに金モールと云う豪華な服装の四少年に歩み寄り、それぞれに声を掛けた後、マンショに語りかけたのでした。

「余は汝の従兄（叔父の間違い）を日向に復帰させた。汝も余に仕える気はないか。多大の報酬を与えよう」とマンショは仕官の誘いを受けたのでした。

「有り難いお言葉ですが、南蛮で学んだ知識で、民百姓の役に立ちたい。それが結果として殿下のお役に立てると思います」とマンショは言葉を選びながら、申し出を断りました。

秀吉による「禁止令」の背景には、南蛮による日本の植民地化への疑念の他、一向一揆に悩まされた織田信長の二の舞を恐れ、キリシタンを背景とした、農民が南蛮の火器を持ち、敵対する事態を危惧しているのだと思いました。

自分を家臣として大名に取り立てれば、キリシタンが敵対勢力にはならないとの思惑から の、仕官の誘いだと、マンショは考えたのでした。

一応、納得した秀吉は予想外に機嫌よく「次の南蛮船が来るまで、日本に滞在を許す」との言葉で謁見の儀式は終了しました。

この「滞在を許す」の中に、四少年等日本人が含まれていたのか、秀吉の心の中は不明です。

マンショへの仕官の勧めはこれで終わらず、翌日「時計の説明が聞きたい」との理由をつけ、マンショと日本語に通じた宣教師を呼び、ポルトガル、スペイン、イタリア等での体験を事細かに質問したのでした。

キリシタンを味方につける他、これらの事情に通じたマンショをどうしても配下の大名に仕官させたかったのでした。

この席に叔父であり飫肥城主でもある伊東祐兵も参加し、太閤秀吉が甥を気に入っている様子に上機嫌で成り行きを見守っていました。

この会談にマンショの従臣として田中國廣も従っておりました。

マンショは、農耕地の開墾と、その面積の実測が必要だと説き、自分の代わりに「田中國廣をその任務に当たらせたい」と提案し、秀吉を納得させたのでした。

農林業発展に寄与した田中國廣

田中國廣は現在にもその名を残す、刀工です。

國廣の作刀が数年間途絶えていることが、刀剣愛好家の間で疑問視され、話題になっていました。

秀吉は聚楽第での「インド副王使節」謁見より七年後から大々的に、太閤検地を行っています。その測量の第一線で指揮を執ったのが田中國廣でした。

秀吉の重臣の一人・石田三成の配下として、検地に携わっており、刀作の暇はありませんでした。

繰り返しますが、田中國廣は武士であり刀鍛冶です。マンショ等の伝えた、南蛮鉄の手法でこれまでより効率の良い鍬、鋤など農機具や樹木伐採道具の改良にも励んだのでした。

その技法は、多くの弟子たちに伝えられ、この国の、開墾、植林、農作業に大きな進歩をもたらせました。

この経験で、刀の質も向上し、國廣作刀の評判を高めたのでした。

石田三成も愛用したと言われています。

特に、國廣の作刀技術による刀は「新刀」と呼ばれ、大きな評価を受けています。

南蛮から伝えられ、田中國廣の手を経て、飫肥・伊東家に伝えられた植林技法による「飫肥杉」は、現近でも美林の一つに数えられています。

この測量術と鉄製の農耕器具の普及こそが、「天正遣欧使節」が日本へ直接もたらした、最大の貢献

でした。

「遣欧使節」としての任務完了・天正十九年五月

秀吉との謁見を終えた使節一行は、海路を長崎へ戻り、天正十九（一五九一）年五月、有馬の教会で、有馬晴信と大村純忠の息子・大村喜前に対しローマ教皇からの返書や「聖木十字架」の伝達式を厳かに行いました。

尚この時、使節を派遣した大村純忠はすでにこの世に無く、嫡子・喜前が大村領主の座を継いでいました。

そして、使節を派遣したとされる大友宗麟もこの世には無く、跡を継いだ義統はすでに教会の破壊、キリシタン迫害に手を染めていましたので、無視されました。

大友宗麟は、宣教師・フロイスの証言で「少年遣欧使節」派遣に関与していなかったとされています。

この大友義統もマンショが、秀吉から厚遇を受けたとの情報に接し、改めてマンショに会い、これまでの行為を懺悔し許しを乞いました。

「禁教」「養護」のどちらの側に付くのが有利なのか、とりあえずマンショに頭を下げたのでした。

こうして四人の十九年にも及ぶ「遣欧使節」としての任務は完了しました。

「少年使節」たちも任務完了時には三十歳を超えており、長く厳しい旅の連続が一人の脱落者もなく、やっと終わりを迎えることが出来たのでした。

マンショの飫肥城訪問

この年の秋、マンショは祐兵の強い要請で、飫肥城を訪問しました。

飫肥城には、母・町ノ上や幼児期一緒に過ごした、義賢、祐勝兄弟など懐かしい人々も元気に暮らしていると聞きました。

祐兵が長崎へ差し向けた船で、油津の港へと向かったのでした。

これまでマカオ、ゴア、ポルトガル、ヴェネチュアへと様々な船に乗り、長く苦しい船旅の連続でしたが、今回は、先頭マストの帆には伊東家の家紋「庵木瓜《イオリモッコウ》」が染め抜かれた一族の船です。

一族の船での飫肥訪問です。複雑な思い出がマンショの胸を去来するのでした。

幼い虎千代麿も祖父・義祐や父・祐青に聞かされていました。

建武二（一三三五）年、室町幕府の命で、伊東祐持が日向の地頭として都於郡へ着任して以来、この「油津」の港を抑えることこそが使命であり、一族の悲願でした。

油津の港は、優良な貿易港であり、室町幕府の「台所を支える港」と期待されていたのですが、古くからの「藤原南家」「北家」さらに「南朝」「北朝」の確執をそのままに、室町（足利）幕府との確執から薩摩の島津氏が死守し続けていたのでした。

足利幕府と同様、伊東一族も「藤原南家」「北朝」側に与していたのでした。

百五十年にも及ぶ薩摩の島津との攻防を繰り返し、一旦手に入れたものの、直ちに島津の反撃に会い、苦しい「豊後落ち」のきっかけになった城です。

そして今、この油津を管理下に置く飫肥城を手に入れたものの、マンショが生まれ育った都於郡城をはじめ四十七城のほとんどを失い、伊東本家にとってただ一つの城です。

島津軍との戦いで、三位入道の指示に従わなかったり、反旗を翻した者達も、伊東一族としての誇りは持ち続けていました。

彼らは、伊東一族を解体へと追いやったのは、自分たちではなく三位入道・義祐だと、思い込んでいました。

祐兵が飫肥城を回復したこと知ると多くの者が駆けつけ、伊東一族の再結成を祝ったのでした。

しかし、伊東本家の当主は、「十代・三位入道の嫡孫であり十二代目・義賢（元都於郡城城主）であるべき」とする者、「飫肥城を回復した祐兵が当主であるのが当然」と考える者の二派が陰でしのぎを削る事態が生じていました。義賢派と祐兵派です。

確かに、十三代目が城主であり、その前の十二代目当主が家臣であることは不自然な構図です。

マンショ自身も、幼児期、共に遊んだ都於郡城の幼君であった義賢こそが、当主であるべきだと思っていました。

マンショが乗る船は、秀吉の命を受けた祐兵が朝鮮へ向かうための特別仕立ての軍用船だったのです。

秀吉の前で、面目を施させてくれた祐益（マンショ）に対する思い入れからの特別配慮でした。

南蛮での体験同様、懐かしい日本でも、神に仕える身でありながら戦船《イクサブネ》への乗船に違和感を持つマンショでした。

油津の港へ上陸すると、迎えの馬に乗せられ、「あたかも武将の行列の如く」と言っても祐益はマンショとして黒の僧衣をまとい、イタリアとは真逆の奇妙な道中であり、沿道にひざまずく人々の好奇な目に晒されたのでした。

イタリアでは侍姿の使節が西洋人の行列を引き連れていたのでした。

飫肥の教会

城門をくぐると、本丸ではなく教会へ案内されたのでした。

帰国後叔父・祐兵に面会した際「自分も伴天連だ」との言葉に嬉しく思いましたが、まさか城内に教会まで造っていようとは考えてもいませんでした。

祐兵は勿論、母・町ノ上や弟妹、幼少期一緒に遊んだ十二代当主・義賢（洗礼名・バルトロメオ）、その弟・祐勝（洗礼名・ジェロニモ）等、懐かしい顔が揃っていました。二十年ぶりの再会です。
最初は戸惑いましたが、殆ど時を置かず目の前の人々と昔の面影とが重なるようになりました。

教会の存在だけではなく、飫肥城本丸の鬼瓦には伊東家の家紋である「庵木瓜」のまわりに、キリシタンを意味するハート模様が描かれていましたが、幕府による禁教策が強化されると、教会は「会所」へと姿を変え、鬼瓦も地中深く埋められていましたが、二十世紀になり発掘され姿を現わしています。

島津軍に日向を追われ、庇護されていた宗麟のもとから、祖父・三位入道と叔父・祐兵が、伊予へ逃亡したため、怒り狂った宗麟から、伊東一族の責任者として祐益は斬首を言い渡されたことがありました。
その時、宗麟と血の繋がりのある、義賢と祐勝は安土（現・兵庫県近江八幡市）のセミナリオ（神学校）へ送られたことは知っ

予章館（写真左）大家根の鬼瓦。庵の中が藩主紋と異なって丸く、庵の両側にハートがある

ていました。

その二人が目の前にいるのです。叔父・祐兵も洗礼を受けたと聞きました。

城郭の中に教会があることに納得したマンショでした。


全員でゼウスの神に感謝の祈りを捧げ、歓迎の宴が始まりました。

宴の間中、祐益に次々と南蛮での体験への質問が発せられました。

約九年にも及ぶ異国での体験です。簡単には答えることはできません。

そんな中、特に強調したのが船中で熱病（マラリア）に罹り、生死の境を彷徨ったが、ゼウスの御慈悲により助かったこと。

自分だけではなく仲間の千々岩ミゲル、原マルチノ、中浦ジュリアンも熱病や、吹き出物が出来る恐ろしい病気（疱瘡）に罹り、死の危機に陥ったもののゼウスの御慈悲で助かったことを話しました。そして全員に十字を切り「アーメン」と唱えるよう要請したものでした。

この時、兄のように慕い世話になったロヨラの死については一切口にはしませんでした。

一通りマンショによる話が終わったとき、祐兵より聚楽第で演奏した、南蛮音楽についての要請がありました。

南蛮から贈られた楽器はすべて有馬の神学校に置かれており、一人で讃美歌を歌う自信もありません。

私物としてマカオから持ち帰った琵琶を思い出し、「伴天連の南蛮楽器ではない」ことを断り、演奏しながら平家物語の冒頭の部分を語り始めると、座がざわめき「見たことがある」「聞いたことがある」等、祐兵をはじめ、義賢、祐勝など口々に言います。

マンショは知らなかったのですが、この楽器は都をはじめ日本でも一部の人の間で広がり始めていたのでした。

座が鎮まるのを待って、改めて「祇園精舎の鐘の声　諸行無常の響きあり・・・」と静かに琵琶の音に乗せ、涙ぐみながら語りました。

「盛者必衰の理をあらわす・・・」には三位入道を重ね合わせ、そして豊後落ちの辛い思い出がよみがえり、涙声になっていました。

マンショの気持は祐兵、義賢、祐勝にも伝わり、しんみりと聞き入っていました。

祐兵の長男・祐寿《スケヒサ》は、祖父の生き様を父親から聞かされており、特に関心を寄せていました。（敢えて嫡男とは書かず長男としました）

翌日から、暇にまかせ祐寿に琵琶の手ほどきをするマンショでした。

ここ飫肥に数日滞在し、家族に囲まれ幼児期と変わらぬ身心ともに安らぐ生活を満喫しました。

それだけではありません。マンショにはキリスト教以外にも伝えねばならないことがありました。

星空（天球儀）を使っての航海術、測量技術とそれを図面に描く地図の作成、南蛮鉄の鋳造等々。

教会で祐兵の選んだ者たちに伝授したのでした。簡単なことではありません。

秀吉との約束もあります。同席していた田中國廣に、これら技術を習得するまで自分に同行してほしいと求めました。

言われるまでもありません。國廣自身、マンショの幼児期から、「自分の主は虎千代麿様唯一人」と、強く心に決めていました。

明日は「やり残したことがあるから」と制止を振り切り、有馬へ発とうとした晩、祐兵に本丸の城主の間に母・町ノ上と共に呼ばれました。

そこで祐兵は、マンショに「城主格」を与えると言いました。城主二人の二頭制の提案でしょうか。

そして「自分は、秀吉の命で朝鮮征伐に出かける」「もし自分が生きて帰れなかったら飫肥城を任せる」「お主が十四代目当主じゃ」とまで言ったのでした。

マンショは神父への道を決意していました。さらにこの城には伊東家本流十二代当主・伊東義賢が健在です。さらに祐兵の長男・祐寿《スケヒサ》、その弟・祐慶《スケノリ》もいます。

これら自分の決意、疑問は、ぐっと胸の奥に「明朝の出立」を告げその場は終えたのでした。

この時、祐兵は「朝鮮へ出かける前に、マカオへ大量の南蛮鉄を発注し代金を支払う」と、約束したのでした。

祐兵の息子二人については、飫肥伊東の記録とは一致しません。マンショについての記録が日本には殆ど残されていないことと根は一つですが、ここでは触れないで後述します。

翌朝マンショは田中國廣を伴い、有馬のセミナリヨへと旅発ちました。この時、祐兵は二人にそれぞれ馬一頭を与え、馬の背での道中になったのでした。

伊東家の（陰に隠れた）お家騒動

先にも触れましたが、飫肥伊東家内部に伊東本家当主の座をめぐり、祐兵派と義賢派との対立が表面に現れることなく、陰で渦巻いていました。

どちらにも言い分はあります。

秀吉から与えられた、初代飫肥城主の座は祐兵です。城主として君臨している以上祐兵が当主でおかしくはありません。

一方、十代義祐の嫡子・義益が十一代目を継ぎ、義益亡き後十二代目を継いだのが、島津軍に日向を追われるまで、都於郡城主であった義賢です。

その伊東本家十二代・義賢が、十三代・祐兵の家臣として、共に飫肥城に居るのです。

義賢が祐兵に伊東本家当主の座を明け渡した事実はありません。

豊後落ち以前からの家臣の間に、義賢本人にその気はなくても、義賢こそ「城主の器に相応しい」との囁きが絶えなかったのです。

義賢、祐勝兄弟の毒殺　秀吉の朝鮮征伐（文禄の役）での帰国時

文禄元（一五九二）年秀吉の命令で、伊東祐兵は朝鮮へ出兵しました。

この戦《イクサ》は、秀吉による「朝鮮征伐」とか「文禄・慶長の役」と呼ばれていますが、本質的には、秀吉による朝鮮半島を足場に中国の植民地化が目的でした。

布教を名目に南蛮諸国による日本の植民地化を恐れ、キリシタン弾圧に踏み出した秀吉自身もアジア大陸の植民地化・征服を狙っていたのでした。

この戦には、日本の帝王・関白の座を脅かす、地方大名の財力を削ぐ目的もありました。日本国内すべての大名に出兵命令を出しました。十五万余名もの兵力に海を渡るよう要求したのでした。

この十五万余の兵力を九つの番隊（班）に分け、こともあろうに、四百年にも及ぶ争いを続けた仇敵同士である、飫肥・伊東隊と薩摩・島津隊を同じ四番隊に組み入れたのでした。

「仇敵といえども、共に秀吉の家臣である」と、広く知らしめることが目的だったのでしょうか。

飫肥・伊東隊の総大将は勿論祐兵です。

義賢、祐勝も伊東軍の大将として、それぞれ家臣団を率いて参戦したのでした。

この家臣団がくせ者でした。祐兵も、義賢、祐勝兄弟も特に意識していませんでしたが、祐兵派、義賢派が入り乱れていたのです。

緒戦は、朝鮮の「李王朝」による圧政に苦しむ人々が、日本軍を「解放軍」と誤解、協力し連戦連勝でした。

義賢、祐勝兄弟も、真摯なキリスト教徒として、抑圧された人々を救う決意から、神の使徒として敵（悪魔）と戦い、協力する朝鮮の人々に、「ゼウスの慈愛」を説いていました。

やがて、中国の「明王朝」から朝鮮の「李王朝」軍への援軍が駆けつけ膠着状態が続きました。

翌、文禄二年、交渉の結果休戦が決まり、日本へ引き揚げる船上で事件は起こったのでした。

二人とも別々に釜山港から帰国の途上、家臣に毒殺されてしまったのでした。

勿論、秘密裏に実行されたことであり、毒殺犯は特定されていませんでしたが・・・。

これで伊東本家問題も、祐兵が当主で一本化されたのでした。

尚、休戦の四年後、慶長二（一五九七）年、講和交渉が決裂し再度日本軍は出兵しました。

これを「慶長の役」と云います。

この「慶長の役」は、翌年の一五九八年、秀吉の逝去により日本軍は撤退し、事実上日本軍の敗北で終わったのでした。

もう一つ付け加えると、マンショとの関係者の一人、大友宗麟の後継・義統は敵の大軍を前に逃げ出し、「敵前逃亡による臆病疵」の罪で、「徐国」となり、大友氏は滅亡となりました。

強化された禁教令

聚楽第で四人の使節やポルトガル商人、さらに宣教師・ヴァリニャーノと会見したり、九州ではポルトガルの小型軍艦でクルージングをしたり、秀吉のキリスト教に対する態度に曖昧さが見られました。

「禁教令」そのものも、建前と本音の部分での曖昧さが目立ちました。

秀吉を怒らせ、その曖昧な「禁教令」を強化させる事件が起こりました。慶長元（一五九七）年のことでした。

土佐（高知県）の海岸に、スペイン船が漂着した時のことでした。

食糧や水を与える代わりにと、土地の人々が船に乗り込み、積み荷を没収する事件が起こりました。

船員たちは必死に、抵抗しましたが、人数の差で積み荷の一部が奪われたのです。

この時、船員の一人が怒りにまかせ叫びました。

「忘れるな！この仕返しは必ずするから！」

「宣教師が派遣されている国には、必ず教皇の軍隊が来て征服することを忘れるな！」

大切な積み荷を奪われたのですから、この怒りの言葉は非難できません。

しかし、この唯一人の言葉のみで、何の裏付けもなく大きく事態が動いたのでした。

歴史的汚点・残酷な処刑

この言葉を聞いた秀吉は激怒し、これまでの曖昧な禁教令を厳罰化し、集団処刑と云う歴史的汚点を残すことになりました。

「日本の植民地化」との下心ではなく、純粋に「神の慈悲」で人々の苦難を救おうと布教に専念する宣教師や、「神の慈悲」にすがろうとする信者までもが処刑されたのでした。

慶長元年十二月十九日、公衆の面前で長崎の西坂に立てられた二十六本の十字架に鮮血がほとばしったのでした。

南蛮人六人、日本人二十人が公開処刑されると云う、前代未聞の残虐な刑が執行されたのでした。

処刑された人の中には、純真無垢な十歳の少年も含まれていました。

この日、十字架に架けられた人々は、すべて京で捕えられ、京の都を引きまわされた後、長崎の西坂へ送られ、処刑されています。

聚楽第近くのキリシタンを捕まえ、信仰者の多い長崎で処刑したことは、最も簡単で最も効果的な見せしめでした。

その後、ますますキリシタン迫害は、苛酷さを増し、元和八（一六二二）年の五十五人の集団処刑など数十回にも及ぶ「見せしめ処刑」で、西坂の地は殉教者の鮮血が流され続けたのでした。

この処刑の地・西坂は、現在も「殉教の地」として、二十六人の被処刑者はブロンズ像で「二十六聖人」として、歴史の跡が保存されています。

「禁教令」と云う生易しいものではありませんでした。「キリスト教徒迫害令」でした。

「禁教令」下の「四使節」対象的な中浦ジュリアンと千々岩ミゲル

来日していた宣教師の中にも思惑の違いがありました。

苦しむ人々を救うため「神の慈悲」を説き、純粋に信仰を広める目的で来日した宣教師。

黄金の島・ジパングの財宝を収奪、日本の植民地化を目的に、信仰はその手段であった宣教師。

この前者に傾倒し、伴天連に対する激しい迫害下でも、抑圧された人々を「神の慈悲」

リアンです。

で救済しようと布教活動を続け、最後に処刑され、神の国・天国へ召されたのが中浦ジュリアンです。

「天国へ召された」と言っても、彼ほど悲惨な処刑は「空前絶後」と言わざるを得ません。寛永九（一六三二）年、小倉で捕えられました。徳川家光が将軍の時代です。翌年十月十八日西坂で処刑されました。と言っても彼が息絶えたのは三日後でした。高くに設えられた横木から吊るされ、真下には穴が掘られ、彼の頭から、口に触れるよう糞尿が入れられていたのです。この残虐な行為を「穴吊り」と称します。

逆さ吊りにすれば、頭に血液が溜まり脳溢血を起こし、早く死んでしまうかも知れません。長く苦しめることが目的です。彼の耳に傷をつけ脳溢血を防止したのです。

彼の身体を左右に揺さぶり、耳から鮮血をまき散らしながら、糞尿に頭を突っ込む（繰り返しになりますが、この言葉しか見つかりません「**空前絶後の**」）悲惨な処刑が行われたのでした。

後者が千々岩ミゲルでした。彼は「踏み絵」を強制され、命と引き換えに神を裏切り「転び者」になったのではありません。

南蛮での経験から、ヴァリニャーノの言う「見せていけないもの」を見てしまったのです。

教皇を始め、純粋で尊敬できる多くの人々にも出会いました。キリスト教の純粋さ、素晴らしさにも数多く出合いました。

生死の境をさまよった自分を救ってくれたのは南蛮医療です。感謝しきれません。

そして日本では考えられない近代的な大都会、科学技術、そしてルネッサンス芸術にも出会いました。

これら華やかさの裏に隠された、暗い影も見ました。

貧困にあえぐ人々。鎖に繋がれ鞭打たれ重労働を強いられる奴隷たち。

富の集積基地として機能するマカオ、ゴア、モザンビーク。これら地域の原住民とその地を支配する南蛮人との格差。

南蛮滞在中「自分たち四人は、彼らの野望を満たす道具に使われているのではないか」と、思い悩んでいました。

もちろん集団処刑には反対です。自分が殺害されることを恐れていたわけではありません。遣欧使として何度も「死」を覚悟したこともあったのですから、千々岩ミゲル個人として今更何も恐れてはいません。

日本の植民地化を恐れていたのです。

棄教し千々岩清左衛門を名乗り、大村喜前の家臣として生涯を送ったのでした。

彼は「国を奪うはかりごと」であったと遣欧使節の目的を見抜き、断言しています。

彼は良心を捨てたのではありません。良心（信仰心）と良心（植民地化への恐れ）との葛藤からの棄教だったのです。

彼、千々岩清左衛門は中浦ジュリアンの処刑を悼み、刑場跡を密かに訪れ、友の菩提を弔う姿を「隠れキリシタン」と呼ばれる人々に、これも密かに目撃されています。

日本を植民地化しようとする思惑に逆らったまでで、「ゼウスの神」を裏切ったわけではありません。しかし迫害される仲間を救うことが出来なかった無力感から、逃れることはできませんでした。

網目を潜って布教活動　伊東マンショと原マルチノ

激しい伴天連狩りの中、網目を潜って、布教活動で生涯を全うしたのは、マンショとマルチノでした。

マンショは飫肥城を出た時から、母・町ノ上や祐兵の反対を押し切り司祭への道を決意していました。

一旦有馬のセミナリヨに戻り、生徒たちに南蛮での体験を語り聞かせました。そして、従臣の田中國廣と共に、測量や南蛮鉄鋳造に時間を割きました。この技術習得に目途がついたところで、國廣を飫肥へ返し、自らは司祭への道を歩くべくマカオの学院へ留学したのでした。

宣教師の間でも学力的に、マンショの留学に反対する声が大きかったのですが、ヴァリニャーノの一存で強行されたのでした。

「学力的に」と書きましたが、この時マンショの日本語のレベルは、神学校での同学年中「最低」だったと記録されています。

話し言葉ではなく、当時の文語体を学習する機会が少なく、読み書きの能力が不足していたのでした。

ともかく、この留学で、ジュリアン、マルチノと共に、一六〇八年、司祭（パードレ）に叙せられ、厳しい網の目をかい潜り、九州各地、萩（山口）地方で布教活動に専念しました。

とても厳しい網の目が張り巡らされてはいましたが、この地方には隠れキリシタン等、密かに協力する人々に助けられての布教活動でした。

心身ともに厳しく苦しい布教活動で、肉体は蝕まれ、慶長十年（一六一二）年、四十三歳でこの世を去りました。（「神に召されたのでした」と表現すべきだったのでしょうか）

生前、布教活動の途中、飫肥城へも立ち寄り、二代目城主・祐慶に家臣を集めさせ、布教以外に南蛮で学んだ、測量術、南蛮鉄、鋤や鍬等の農機具の作成、植林などの手法を伝えたのでした。

この席に田中國廣も参加していたことは言うまでもありません。

この時伝えられた植林技術による「飫肥杉」は現在も美林として名を残しています。

厳しい禁教の中、マルチノも布教に頑張り続けていたのですが、身近に危機が迫り、マカオへ逃れ、（流刑されたとの記録もあります）故郷での思い出を胸に、この地で生涯を終えたのでした。

寛永六（一六二九）年のことでした。

神を冒涜する「神の利用」

少年たち、一人ひとりの生涯が幸せであったのかどうか、心の中を覗くことはできませんが、「黄金の国・ジパング」を手に入れようとする南蛮諸国と、それを防ごうとする日本の為政者との間で翻弄され続けた犠牲者でもありました。

しかし、シスト五世の戴冠式で中心的役割を果たし、世界の歴史に燦然とした足跡を残したことに間違いありません。

禁教令、伴天連への迫害で彼らが持ち帰った活版印刷はほとんど日の目を見ることはありませんでしたが、西欧の文明をわが国に紹介した先駆者であったことも否定できません。

さらに、身分差、上下関係の厳しい時代です。八年余にも及ぶ、厳しい未知の生活を強いられたロヨラ、ドラード、アウグスチーノの三随行者、西欧の近代科学を持ち帰ったものの、帰国後の厳しい迫害の中、彼らの生涯に歴史の光を当てることは不可能でしょうか・・・。

かつて、黄金の国、インカ帝国はスペインの略奪で滅亡しました。

最後の皇帝・アタワルパはスペイン軍の従軍宣教師の進言で、将軍フランシスコ・ピサロに処刑されたと伝えられています。

「神」の名で、その実、産油地等、領土を我が物にするため、信徒の一部を洗脳し「神は偉大なり！」との同一せりふを叫ばせ、自爆テロや、残虐な殺人者へと駆り立て、二十一世紀の世界を恐怖に陥れている輩。

一方では、「神は殺人を許さない」と、多くの純粋な信徒の方々が、残虐な輩を非難しています。

これら構図と共通するのが「天正少年遣欧使節」でした。

しかし、海外の「神」の名を騙る者のみを非難することはできません。

「神風」が吹いて、蒙古の軍艦を沈没させたと、信じこまされた我が国民です。

太平洋戦争でも「神風特攻隊」に自爆攻撃を指導したのも我が国の為政者でした。その「神」を信じ多くの若い血が流されました。

かつての総理大臣も「日本は神の国」と発言しました。

神仏は「平和で、生きがいを持ち、心豊かに現世を過ごす」生き様を教えているのであって、決して争いを奨励はしていません。

ペンを置く前に

飯地・伊東家

この拙い文を読んで下さった方々に心から感謝申し上げます。

「伊東マンショ」の名については記憶の奥底にはありましたが、昨年（二〇一四年）夏まで意識に現れることは殆どありませんでした。

筆者の実家は岐阜県東濃地方の標高の高い（約六百メートル）山奥にあり、関ヶ原の戦いで敗れた伊東一族が隠れ住んだ家だと伝えられています。明治時代に一部改築されてはいますが・・・。

この古い建造物を調査された文化財保全関係者から「何故こんな山奥に、この建物があるのか？その由来は？」と尋ねられたことがきっかけでした。

ここ岐阜県の山の中（現・岐阜県恵那市飯地町）に住み着いたのは、三位入道の曾孫であり、初代飫肥城主・伊東祐兵の孫にあたる伊東祐利であることは筆者宅に残された代々の日誌『市政《イチマサ》家歳代記』から明らかです。この資料は現在、苗木藩・遠山資料館に保存されています。

しかしこの伊東祐利の親が分らないのです。我が家では祐兵の長男であると信じられていますが、他に資料は見つかっていません。

関ヶ原の戦いを前に、飫肥城主・伊東祐兵が黒田勘兵衛の入れ知恵で、息子二人を「豊臣」「徳川」の敵味方に分けたと伝えられています。

勝った方が「お家」・飫肥城を安堵されるだろうとの思惑だったのです。

祐兵は勘兵衛の説得で切支丹に改宗し洗礼を受けたことは前述しましたが、洗礼名は闇に葬られ、知ることはできません。

ともかく祐兵は黒田勘兵衛と親密な関係にありました。

豊臣方が敗北したものの、徳川に味方した、伊東祐慶が家康から飫肥城を安堵され、祐兵の嫡男（継嗣）とし、飫肥・伊東家の二代目を継いでいます。

であるならば、筆者の祖先・豊臣方敗軍の将は伊東祐寿《スケヒサ》と考えられますが、確証はありません。

父親である祐兵は秀吉から「イフジ　イフジ」と可愛がられ、さらに「豊臣」の苗字まで与えられ、側近として大阪（堺）に居を構えていました。

「イフジ」と云うのは、伊藤のことで、祐兵のプライドをくすぐる秀吉の思惑でした。

なぜなら伊東一族は藤原不比等を祖に、藤原、工藤、狩野、伊藤、伊東と、その時々で、官職や舘のあった地名を名乗っていましたから。

しかし、代々の墓石には必ず「藤原朝臣」の文字が刻まれ、藤原こそが一族の祖であると「藤」の字にこだわり続けていました。

その祐兵が病気を理由に、自らは大阪で床に伏し「嫡男を名代として徳川家康の配下として参戦させた」との説明には矛盾が大きすぎます。

この矛盾を解明できないものかと、昨年夏、宮崎県を訪れ「伊東マンショ」に出会ったのでした。

宮崎県西都市在住の「日高不二夫先生に出会った」と言う方が正確です。

日高先生から、三位入道・伊東義祐の「豊後落ち」のルートを案内していただき、沢山の関係資料を紹介して貰いました。


豊臣から徳川の時代へ移っても、引き続き伊東家が飫肥に君臨するためには、当時激しく切支丹禁教の嵐が吹きすさぶ中、マンショの存在はアキレス腱です。

同時に祐兵の長男が豊臣方の武将であり「豊臣」をも名乗っていたことは絶対に隠し通さねばなりません。

飫肥に残る伊東家の歴史書『日向記』『日向纂記』『錦袋録』は共に、この時代の出来事が、改ざんされた跡が認められるとのことです。

改ざんの根拠は、その時代の部分だけ、紙質、筆跡の違いが認められるからだと教えられました。

マンショ関係の資料は日本には殆ど存在せず、当時の在日宣教師が本国（ポルトガル、スペイン、イタリア等）へ書き送った書簡から徐々に明らかにされているに過ぎません。

これらマンショ関係以外、日高先生に紹介された豊後落ちの記録、さらに筆者宅に伝えられた資料等を繋ぎ合わせたのが本書です。

世界的に有名な「天正遣欧使節・伊東マンショ」については研究者の注目を集めますが、山奥に隠れ住んだ「飯地・伊東」を研究対象にする学者は期待できません。

飫肥・伊東家の歴史書改ざんの後、表に出された祐兵の妻・阿虎（松寿院）の年賦にも、出産した二人の息子（祐慶、祐寿）の生年月日と、「関ヶ原の戦い」との時期に、整合性が欠けています。

生年月日を調べ直すことは不可能ですが「長男・祐寿を豊臣祐寿として西側に従軍させ、次男・祐慶を密かに徳川方へ送り、徳川勝利の後、祐慶が祐兵の嫡男として飫肥城二代目の当主の座についた」と考えるのが妥当です。

豊臣方滅亡の後、祐寿は自分に従う者と共に、美濃の国（現・岐阜県加茂郡八百津町）まで敗走し、稲葉方通《ヨシミチ》の居城・和知城に匿われました。

稲葉方通は、祐寿の父親・祐兵が秀吉に従い九州征伐に参加した際、行動を共にし、そして同族でもある稲葉良通《マサミチ》（一鉄）の四男です。

同族と書きましたが、稲葉家は伊予の河野家を祖とし、河野家の祖は伊東家の一族でした。

更に、余談になりますが稲葉良通（一鉄）はよほど頑固で融通の利かない人であったのでしょう。頑固者のことを「一徹」と云いますが、語源はこの稲葉一鉄だったと云われています。


和知城に匿われた豊臣祐寿は、「伊東五郎衛門・祐明」と改名したのでした。

万が一、伊東祐兵の息子と知られたとき、「自分は五男であり豊臣とは無関係」と難を逃れる方便だったと云われています。

和知城に匿われ、方通の家臣・勘定方を務めました。

この時マンショによって伝えられた南蛮の測量技法が大いに役立ち、農地の検地に貢献することになりました。

更に祐寿（祐明）に従った家臣たちにも南蛮鉄の技法を習得していた者も居り、鍛冶職として鍬、鋤等農機具の改良にも貢献しました。

和知城では、匿われた身ではあっても、しばらくは戦もなく平穏な生活が続き、子どもにも恵まれ祐利と名づけました。

しかし平穏な生活はいつまでも続きませんでした。稲葉家には継嗣がなく廃絶の憂き目を見ることになったのです。延宝四（一六七六）年のことでした。

稲葉家には嫡子がなく、いずれ廃絶になるであろうことは家臣一同周知の事実として、お互いに次の生活を考えざるを得ませんでした。

祐寿（五郎衛門・祐明）の世話をしていた、稲葉家の家臣・平井治衛門は伊東一族が隠れ住む場所探しに奔走しました。廃絶前に、次の隠棲の地を探さねばなりません。

この頃には、すでに伊東祐寿（五郎衛門・祐明）は他界し、長男・伊東五郎衛門・祐利が、和知に隠れ住む伊東一族の長ではありましたが、平井治衛門の助力が無ければ、一族の前途は風前の灯火でした。

そして、平井治衛門が見つけ出したのが、苗木領の飯地村でした。

徳川の時代に、旧豊臣方の武将一族を匿うことは、（三代目）藩主・遠山友貞にとっても大変な決断を要しました。

苗木藩は一万石の小藩であり、豊臣方の武将を匿っていることが明らかになれば、藩主の切腹、藩の改易は免れません。

しかし、危険以上のメリットがなければ匿うことはありません。

和知領で実証済みの、測量術であり、鍛冶の技術でした。

平井治衛門の懸命な努力の結果が、美濃の国、苗木領の飯地村だったのです。

原生林の中、小規模な田圃がある土地を一両で購入し、武士（の誇り）を捨て、百姓として生きることを決意した伊東五郎衛門祐利は、苗字も捨て「百姓・五郎右衛門」を名乗りました。寛文九（一六六一）年のことでした。

この時、五郎衛門・祐利は四十三歳、祖父である初代飫肥城主・祐兵、が逝去し六十一年後のことでした。

これより、徳川の時代中「伊東」は一切隠し、明治維新による戸籍法によって伊東の苗字が復活したのでた。

この地が現在・恵那市飯地町市政です。「市政《イチマサ》」と云う地名の由来は分りません。意味も不明です。土地を買った時の「いちまさを一両で売り渡した」との「売り券」が現存します。それだけです。

このいちまさは現在も我が家を中心に「市政郷」と呼ばれ、土地の面積に比して一両の金額は安過ぎます。

しかも、この一両の中に、飯地村の「百姓元締」の権利も入っています。

田畑の少ない、利用価値の低い土地であったことが分かります。

人の住まない広い場所でした。何しろ一族の者が隠れ住む場所なのですから・・・。

ただし、当時、飯地村の中心地であった肥沃な篠原《ススワラ》は、苗木藩鉄砲隊の集落があり、この集落の田畑からの収穫物は、彼らへの扶持米（給料）であり、別扱いになっていました。現在この地域は、飯地から分離し、加茂郡八百津町に編入されています。

買った田圃の耕作と原生林の開墾が始まりました。

市政に住み着いてから、二年後には一石五斗七升二合の年貢米を収めるまでになっています。

因みにこの時の年貢の割合は一割七分九厘ですから、収量は八石七斗八升二合になります。

翌年からの田畑の拡大には目を見張ります。

短期間に田畑を耕し、開墾も行っています。原生林を切り開き田畑に変えるには、それだけの道具が必要です。鉄製の農機具はマンショが南蛮からもたらした製法であり、飫肥の地で田中國廣から伝承された鍛冶技術を使わねば不可能です。

初代五郎右衛門は市政周辺をも開墾し、この地を父親の名から「五明」と名づけました。この地名は現在も使われていますが、発音は「ゴモウ」「ゴミョウ」のどちらかはっきりしません。

因みに前述しましたが父親の名は伊東五郎衛門祐明でした。最初と最後の一文字づつで「五明」となります。

常識では理解し難い平井家と五郎右衛門（伊東）家百姓が武士に苗字を与える

百姓・五郎衛門家の三代目は平井徳左衛門です。

初代五郎右衛門（伊東祐利）に飯地・市政をあっせんした平井治衛門の弟です。

二代目五郎衛門は三人の幼子を残し、早逝してしまいました。

三代目を継ぐべき嫡男（幼名・宇兵衛）の幼少時に、逝去したため、治右衛門の弟が後見として五郎衛門宅に入り、三代目を名乗り開墾、開拓の指揮を執ったのでした。

それだけではありません。宇平を（隠れ伊東家の）嫡男として育てるべく心血を注ぎました。

更に大変であったのが、その弟が盲目であったことです。この目の見えない子どもを、一人前以上の琵琶法師として育て上げ、「行市坊」と名乗らせ、別家させています。

行市坊が使った琵琶はマンショがマカオから持ち帰ったものであり、やはり平家物語を得意とし、天皇の前でも演奏しています。

宇兵衛への教育は並大抵のものではありませんでした。宇兵衛を苗木藩の影の勘定方にまで育て上げています。

マンショによって伝えられた測量法を教え込みました。

宇兵衛が自立できるようになると、当主の座を譲り渡し、自分は隠居しています。(隠れ伊東家の)当主の座についた宇平は三代目ではなく、四代目五郎右衛門を名乗り、(隠れ伊東家の)「三代目は、平井徳左衛門」だと感謝の意を表しています。

そして宇兵衛(四代目五郎衛門)が勘定方に徹することが出来るようにと、今度は兄の治衛門が五郎衛門宅の後見として、開墾、開発の指揮をとり、さらに収入源の確保に木曾川を使い、桑名や名古屋との交易に貢献しています。

平井兄弟あってこその伊東(五郎衛門)家ですが、何故平井家がそこまで伊東家のために、尽くさねばならなかったのか、理由は不明です。

更に理解できない事実として、平井一族の門助(幼名)と云う若者が五郎衛門宅のためによく働いたと云う理由で、四代目五郎衛門が大変喜び、平井門助に苗字・伊東を与え「伊東を名乗ることをさし許す」と記録されています。

平井は武士であり、五郎衛門は（表向き）百姓です。

百姓が武士一族の若者に苗字を与えているのです。常識では考えられない事実です。


「勘定方八十吉の父也」


四代目五郎右衛門は、身分が百姓でありながら、陰で苗木藩の勘定方をも務めていました。

何年のことであったのかははっきりしませんが、享保（一七一六～一七三六年）の検地の際、自分の日誌に「勘定方八十吉の父也」と書いています。

「自分の息子の父」と書いているのです。

プライベートな、自分の日誌ですらこの有様です。

調べてはいませんが、たぶん苗木藩の記録にも「勘定方、百姓・五郎衛門也」とは書かれていないと思います。

この当たりにも、隠棲する伊東家と匿った苗木藩の関係が垣間見えます。

更に息子の名前「八十吉《ヤツキチ》が問題だ」と指摘する人がいました。

「八十は耶蘇（キリシタン）であり、隠れキリシタンではないか」と言うのです。

証拠は見つかっておりませんが「可能性は無」とは言い切れません。マンショの一族であり、飫肥初代城主がキリシタンであったのですから。

更にこの飯地の山の中に隠れ住むのに、マンショが南蛮から伝えた文化（測量、鍛冶の技術等）が大きく貢献しているのですから・・・。

飯地開墾の経費は飫肥から
金銭の受け取り役は行市坊

鍛冶の技術があっても原生林の開墾には、人力、そして莫大な経費が必要です。

その経費の大部分は、祐兵の命で東西に分かれた飫肥・伊東家から出ているものと考えられます。

その飫肥と飯地の中継点は、高野山の「常喜院」と云う古刹でした。

高野山の「奥の院」付近には、徳川家康の命令で各藩大名家の墓所が作られています。

飫肥・伊東家の菩提寺は「常喜院」であり、飯地・五郎衛門家とも密接な関係にありました。

盲目で、乞食坊主の身なりをした琵琶法師が、徳川の目を掠め、厳しい関所を越えることは困難ではありませんでした。

行市坊の名で、沢山の田圃が開墾されています。

その開墾作業を、岩に腰を降ろした行市坊が「琵琶を掻き鳴らし督励した」と、行市坊が分家した家に伝えられています。

時代は下って、文政十三（一八三〇）年、高野山が炎上した際、常喜院からの使者が、復興の寄付金を求め、山深い飯地の五郎衛門宅まで来訪、一泊したとの記録が残されています。

人知れることなく、山奥に隠棲する五郎衛門宅と、常喜院とが親密な付き合いがあったことは明らかです。

しかし残念ながら、高野山では明治時代にも再び火災があり、常喜院の書類もすべて焼失してしまいました。過去の記録を辿ることは不可能です。

幕府巡見使を立ち入らせなかった飯地村

天保九（一八三九）年三月、幕府の巡検使が苗木領を視察することになりました。飯地ではこの頃迄に田畑も飛躍的に増え、それにつれ人口も増加していました。昔の原生林の面影はありません。

標高の高い山の上であったことが幸いしました。

八代目五郎右衛門が先頭に立ち、周辺の村々に巡検使用の道路を整備しました。巡検使の目には高い山が映るのみで、人里の存在は想像も出来なかったのでしょう。効を奏し、巡検使の立ち入りを阻むことができました。

伊東（豊臣）祐寿の子孫が隠れ住んでいた地と、匿った苗木藩の秘密を徳川幕府に知られることはありませんでした。

明治維新を迎え、戸籍法で「伊東」が復活しました。

苗木藩と地元住民が、二百余年もの年月を、匿い続けてくれたからこそと、感謝の念を忘れることはありません。

お世話になった方々にお礼を申し上げペンを置きます

有難うございました

本書執筆に当たり、沢山、沢山の方々のお力添えをいただきました。

序文をお書き頂いた、岐阜大学名誉教授・松田之利先生。

挿絵を快く描いて下さった小野木三郎氏。

伊東一族豊後落ちのルートを案内して下さり、詳しいご教示の他参考資料をお貸し頂いた西都市在住の、元西都市市議会議員・日高不二夫先生。

豊後落ちの要所を自動車で案内して頂いた、宮崎県諸塚村在住の甲斐盛恵氏。

伊豆・伊東市の歴史をご教示いただいた伊東市教育委員会の金子浩之先生。

関係各所を案内頂いた森紀彦氏。

種々ご教示頂いた、岐阜大学の近藤真教授。岐阜市在住の篠田暢茂氏。

マスコミ関係の石原俊洋氏、野村克之氏。

望外の本に仕上げて下さった、日之出印刷の沢島武徳氏。

有難うございました。

そして、体調のすぐれぬ私の調査行に、すべて同行してくれた妻・恭子にも感謝の意を表したいと思います。

参考文献

雑誌『マンショ』鉱脈社・創刊号〜七号
『少年が歴史を開いた』井上敬雄著・鉱脈社
『(伊東一族) 豊後落ち再現の旅』伊東義祐公を偲ぶ会
『伊東市史だより』第五号・伊東市教育委員会
『伊東・文化財とその周辺』伊東市教育委員会
パソコン百科事典『Ｗｉｋｉｐｅｄｉａ』
飯地伊東家代々の日誌『市政家歳代記』

伊東祐朔　略歴

1939年　大阪府に生まれる　本籍地・恵那市飯地町十番地

職歴　1963年～2000年　岐阜東高等学校教諭　1974年～1977年名古屋栄養短期大学（現・名古屋文理大学）生物学講師兼務

活動歴　岐阜県私立学校教職員組合連合書記長　同委員長　岐阜県自然環境保全連合執行部長代行　全国自然保護連合理事　長良川下流域生物相調査団事務局長　等

著書　『カモシカ騒動記』『ぼくはニホンカモシカ』『ぼくゴリラ』『終わらない河口堰問題』（以上・築地書館）『人間て何だ』（文芸社）『豊臣方落人の隠れ里』（自費出版）『小さな小さな藩と寒村の物語』『子孫が語る「曽我物語」』『敗者の歴史』『ぼくライオン（東アフリカの動物たち）』『日本の美 国鳥「雉」』（いずれも垂井日之出印刷所）

共著　『長良川下流域生物相調査報告書』前編・後編（長良川生物相調査団）『長良川河口堰が自然に与えた影響』（日本自然保護協会）『トンボ池の夏』（文芸社）

海外調査　旧ソ連コーカサス地方長寿村　ガラパゴス諸島二回　アフリカ大陸三十数回

嵐に弄ばれた少年たち
「天正遣欧使節」の実像

作　文：伊東祐朔
序　文：松田之利
岐阜大学名誉教授
挿　絵：小野木三郎
発行日：平成二十七年六月一〇日
第二刷　令和五年一一月二〇日
発　行：(資)垂井日之出印刷所
〒五〇三－二一一二
岐阜県不破郡垂井町綾戸一〇九八－一
電　話〇五八四－二二－二一四〇
ＦＡＸ〇五八四－二三－三八三二
印　刷：(資)垂井日之出印刷所
郵便振替　００８２０－０－０９３２４９　垂井日之出印刷
定価はカバーに表示してあります。
落丁乱丁本はお取替えいたします。

ISBN 978 - 4 - 907915 - 04 - 9

続いて読みたい本

大阪夏の陣で豊臣が滅亡した後、家臣であった伊東家の祖先が、徳川幕府の目を逃れ隠れ住んだ地、それが恵那の山中・飯地でした。苗木一万石の小藩に匿われて生き延びた一族・十四代の記録が、古文書「市政家歳代記」の解読と共に、鮮やかに現代に蘇ります。

「**豊臣方落人の隠れ里** 市政・伊東家日誌による飯地の歴史」（普及版）

伊東　祐朔（十四代当主）著
加藤　宣義（苗木遠山資料館）古文書解説
小池　昌晴　挿画

268頁　並製本
定価　二〇〇〇円（税込）
ISBN978-4-9903639-2-5

徳川御三家・尾張藩六十二万石に隣接する「小さな小さな藩と寒村の物語」
執筆の元となった歴史書であります。

＊書店では取り扱っていません。

郵便振替　〇〇八二〇-〇-〇九三二四九
（加入者名・垂井日之出印刷）
代金引換　日本郵便代金引換を利用します。
代引き手数料一律三二四円（税込）をご負担願います。

(資)垂井日之出印刷所
電　話　〇五八四-二二-二一四〇
ＦＡＸ　〇五八四-二三-三八三二
〒五〇三-二一一二
岐阜県不破郡垂井町綾戸一〇九八-一
までお申し込みください。

続いて読みたい本

九州・飫肥の城主だった伊東家、敗れた豊臣側についたため、徳川幕府の目を逃れ隠れ住んだ地、それが岐阜県・恵那の山中である。苗木一万石に匿われて生き延びた一族・その七代目の時に起きた、尾張藩との土地争い。負傷者が発生し、江戸幕府での評定(裁判)が開かれ、小藩の苗木が勝訴した一大事件だった。克明に描かれた記録を基に、十四代当主・伊東祐朔氏が歴史小説として書き下ろした。

徳川御三家・尾張藩六十二万石に隣接する
「小さな小さな藩と寒村の物語」
伊東　祐朔・著

A5判　172頁　並製本
定価　一二〇〇円(税込)
ISBN978-4-9903639-3-2

＊一部の書店でしか取り扱っていません。

(資)垂井日之出印刷所
電　話　〇五八四‐二二‐二二四〇
FAX　〇五八四‐二三‐三八三三
〒五〇三‐二一一二
岐阜県不破郡垂井町綾戸一〇九八‐一
までお申し込みください。

郵便振替　〇〇八二〇‐〇‐〇九三二四九
(加入者名・垂井日之出印刷)
郵便振替で申込みいただいた方には送料無料でお送りします。
直ぐに読みたい方は、日本郵便代金引換を利用します。
送料の他に代引き手数料一律三二四円(税込)をご負担いただきます。

刊行物案内　日之出印刷の本

「かーわいーい　Ｍｙ　Ｄｅａｒ　Ｃｈｉｌｄｒｅｎ
発達障がいの子どもたちと…特別支援学校の日々」

近藤博仁・著

ウクレレ片手に親父ギャグを連発する教室。いつも怒っていた子どもがいい顔に変わる。岐阜県の特別支援学校を定年退職した教師の、定年までの五年間の子どもたちとの格闘、教師像を描いた情感あふれた著書。障がいのある子と関わる人はもちろん、それ以外の方にも読んでいただきたい一冊である。

Ａ５判　一九二ページ　並製本　定価一二〇〇円(税込)

「私の出会った子どもたち　人として、ともに生きる」

松井和子・著

障害児教育の現場で出会った子どもたちが教育によって成長発達する様子を紹介し、自然・生活環境の変化がもたらすものについて考えた本。ドイツの障がい児教育も紹介している。

人がひととして生まれ育ち、地域の一員としてともに生きること。そして、生まれ来る未来のいのちに思いを馳せ、そのいのちを傷つけるものを問い、教育とは医療とは何かを考えた書です。

変形Ａ５判　一二八ページ　並製本　定価一五〇〇円(税込)

「原生林のコウモリ」

遠藤公男・著

昭和四八年青少年読書感想文全国コンクール課題図書として指定された書の復刻・改訂版。カラー図版が美しくなる。著者が岩手県の山中に生息するコウモリを分校の子どもたちと調べた記録であり、最後はコウモリの集団営巣地を守るために立ち上がった姿が描かれている。

Ａ５判　一六六ページ　並製本　定価一二〇〇円(税込)

「アリランの青い鳥」

遠藤公男・著

昭和五九年発刊の復刻。渡り鳥に国境はない。鳥はビザもパスポートももたずに、いくつもの国を越えて移動する。その渡りの過程で、鳥は遠く離れた国や地域の自然と自然をつないでいる。と同時に、人と人をもつないでいる。「アリランの青い鳥」は実際に、北と南に引き裂かれ、会うことのかなわない親子をつないだのだった。読んだ人は涙を流さずにはいられない。　推薦・樋口広芳（東京大学名誉教授）

Ａ５判　一八〇ページ　並製本　定価一二〇〇円(税込)

「アジアの動物記　韓国の最後の豹」

遠藤公男・著

韓国にはかつて豹がいた。筆者は最後かもしれない二頭を取材した。一頭は山脈の奥地の村で猟師のワナにかかりソウルの動物園に飼われた。捕獲された村を尋ねてみると現代文明のとうに失ったものがあった。

二頭目の豹は、同じ山脈で犬と四人の若者に殺された。殺した人に会い、その豹の写真を見つけた。韓国では虎や豹は志の高い人を助けるという。そして豹を探す旅で虎と豹を守護神とする英傑と出会った。

新書判　二四〇ページ　並製本　定価一二〇〇円(税込)

「アジアの動物記　悠久のポーヤン湖」

遠藤公男・著

ポーヤン湖は中国最大の淡水湖だが、奇跡のようにソデグロヅルの大群が発見されて脚光を浴びた。訪ねてみると、夢のような原野の中の湖なのにツルたちは警戒心が強い。実は湖に狩猟隊がいて、小舟で暗夜、何百羽もの白鳥やツルを捕って売ったり食べていた。わたしは保護に尽力した老人に会い、若者の結婚式に呼ばれ、占領した日本軍がしたことを発掘。日本人の探鳥ツアーは村人との心温まる交流をした。（あとがきから）

新書判　二五二ページ　並製本　定価一二〇〇円(税込)

㈾垂井日之出印刷所
電　話　〇五八四・二二・二一四〇
FAX　〇五八四・二三・三八三二
〒五〇三-二一一二
岐阜県不破郡垂井町綾戸一〇九八-一　までお申込ください。

郵便振替　00820-0-093249
（加入者名・垂井日之出印刷）
郵便振替で申込みいただいた方には送料無料でお送りします。
直ぐに読みたい方は、日本郵便代金引換を利用します。送料の他に代引き手数料一律三二四円(税込)をご負担いただきます。

長崎
マカオ
ゴア

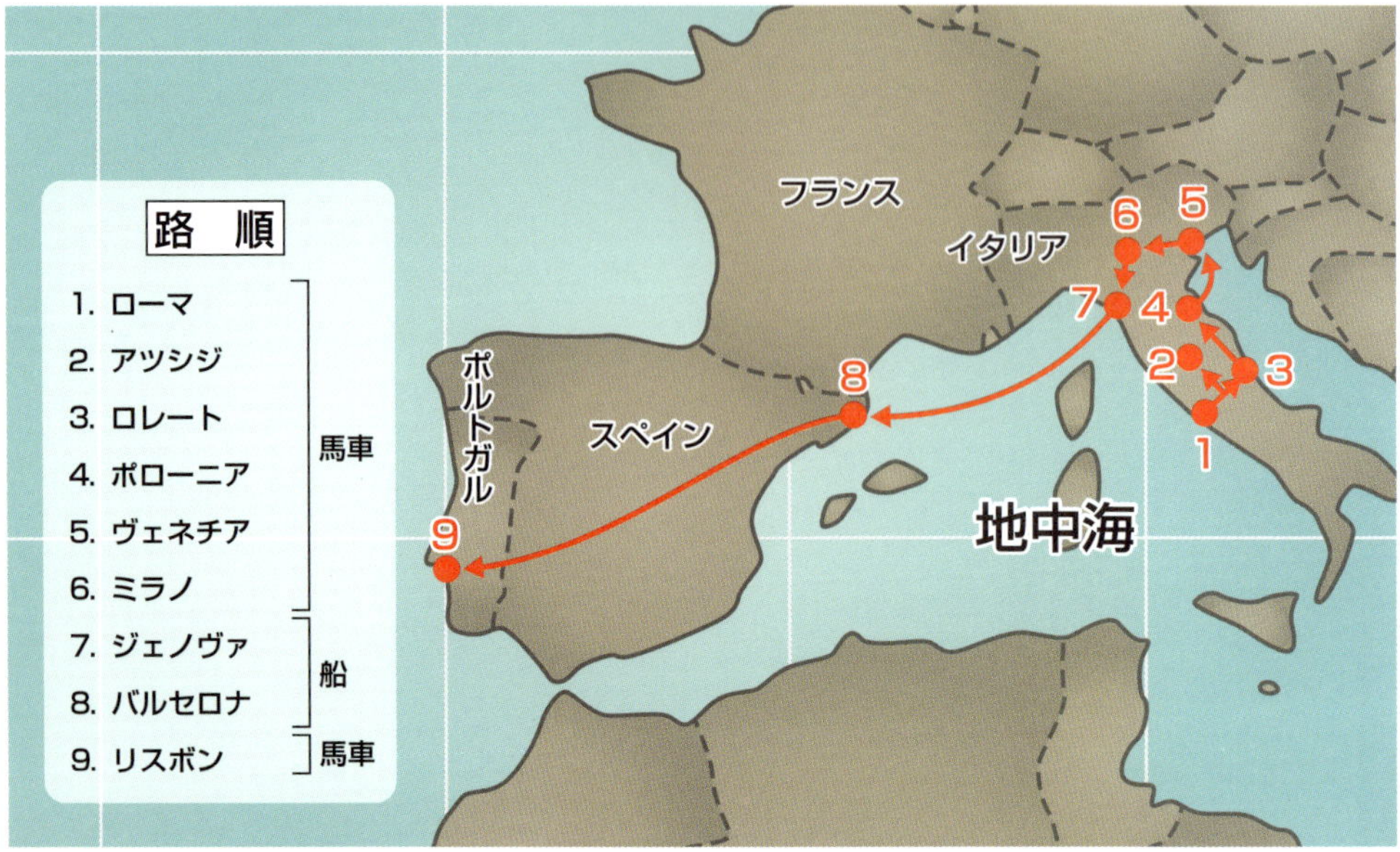
路　順
1. ローマ
2. アッシジ
3. ロレート
4. ボローニア
5. ヴェネチア
6. ミラノ
馬車
7. ジェノヴァ
8. バルセロナ
船
9. リスボン
馬車
フランス
イタリア
スペイン
ポルトガル
地中海

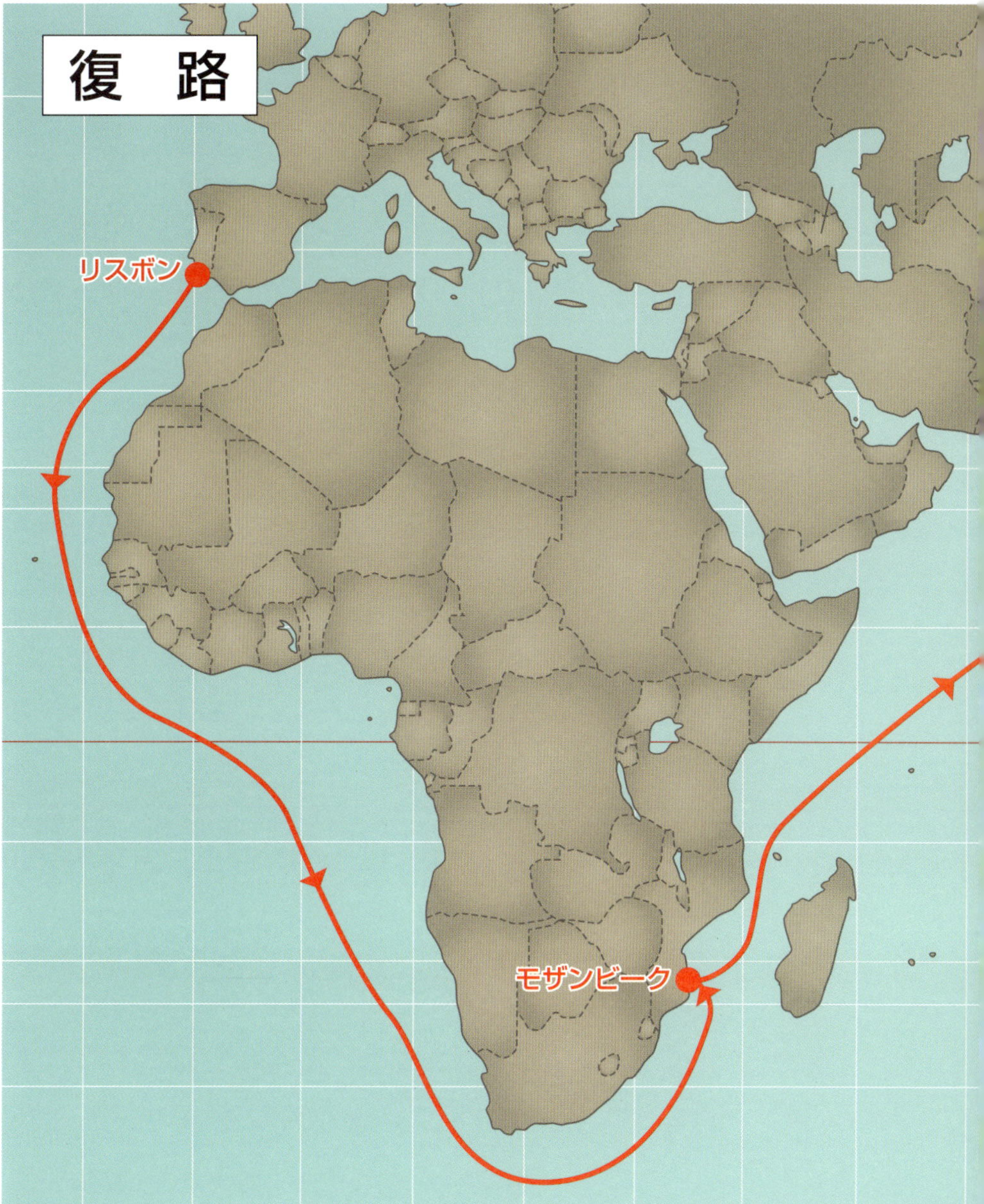
復路
リスボン
モザンビーク